Die Maulhelden

Kopfsprünge

Herausgegeben von
Markus Plänitz

Inhalt

Herstellung: Books on Demand GmbH, Norderstedt

Wir danken unseren Zeichnern:
Bosse (Titelbild, 8, 43, 103, 112)
Uros Djurovic (13, 28, 37, 106)
Franzi (26, 41)
Lars (21, 42, 101)
Uwe Pella (59, 63, 66)
Sebastian Sonnenstrahl (93, 116)

Außerdem Dank an:
Maria fürs Lektorat
Traumtänzer Design

Impressum
Ungekürzte Lizenzausgabe
eine indivirtuell Produktion
Copyright © Die Maulhelden
Titelbild © Bosse
Herausgeber:
Markus Plänitz
Layout und Gestaltung:
indivirtuell GbR und Die Maulhelden

Printed in Germany

4

Lieber Leser!

Wir sind die Maulhelden. Die Maulhelden sind eine Art Antonym zum Literarischen Quartett. Aber wir sind fünf und obendrein nicht Jahre, sondern Mann. Wir setzen uns zusammen wann immer wir können, aber vor allem aus den Mitgliedern Lex, K.Lypse, Sebastian Sonnenstrahl, Lars und Paul M. Das sind alles Synonyme, hinter denen wir uns feigerweise verstecken, weil wir Angst haben, jemand könnte unsere Adressen ausfindig machen und uns belehren, daß man nicht die Pflastersteine von der Straße der Erkenntnis klaubt. Nicht auf Treppenstufen hackt, die zur Erleuchtung führt und nicht an Ästen sägt, auf denen alle sitzen, nämlich den Ästen von Bäumen, die in den Himmel wachsen.

Die Texte stammen zu etwa 100% aus eigener Feder. Es kann auch mal mehr sein, wenn jemand von uns sehr fleißig war. Immer sind die Maulhelden auf der Suche nach einem Platz, an dem sie all ihre Wörter auch mal an fremde Leute weitergeben können, denn das untereinander vorlesen hat doch zunehmend seinen Reiz verloren. Und so haben wir unsere sonderbaren Fragen aufgeworfen, und zwar auf einen Haufen mit Texten. Sie wurden dann gründlichen gewaschen, geglättet, getrocknet und anschließend zu diesem Buch gebunden, mit dem die Maulhelden für sich mal Ordnung zu schaffen hoffen in dieser unübersichtlichen Welt. Das wäre ja noch schöner, wenn wir damit bei Ihnen auch noch Gefallen finden würden.

Mit freundlichen Grüßen

Dörte

von K.Lypse

Ich habe einen Freund, der heißt Dörte.

Seine Eltern nannten ihn vor mehr als 24 Jahren so und es stört ihn nicht wirklich, so zu heißen, denn sonst gibt es in seinem Bekanntenkreis niemanden, der Dörte heißt und Linksträger ist; das genügte als Begründung.

Er fühlte sich nicht wie etwas Besonderes, aber ein bisschen wie ein Unikat in einer Welt voller bunter Vögel vom Fließband, dachte ich.

„Ach, wenn Du wüsstest, wie gut das tut!" strahlte er mich an und warf einen vielsagenden Blick aus dem Wagenfenster. Er hielt die Hand gegen den Fahrtwind und stupste mich gutgelaunt an. Er musste ja nicht fahren.

„Sag mal Dörte," begann ich einen verkorksten Satz, denn ich wurde immer unsicher, wenn jemand glücklich war, „hast Du schon mal daran gedacht deinen Namen in Dirk oder Daniel umwandeln zu lassen?"

Es schien mir, als würde er mich kurz hektisch mustern und eine kleine Falte der Kritik knisterte über seine Stirn. Aber gleich darauf wand er sich wieder der Sonne zu, die rechts von uns ihr Bestes gab. Er wartete die Antwort kurz ab. Ob aus taktischen oder Unsicherheits-Gründen, konnte ich nicht sagen.

„Ja schon," fing er an und blinzelte, „aber nicht in Daniel oder Dirk, sondern möglicherweise in... Doris oder Dana."

Ich schnaufte ein wenig ungehalten und tippelte mit den Fingern entnervt aufs Lenkrad.

„Dörte, jetzt mal im Ernst: Du hastn Schwanz und n relativ normales Umfeld...,,

„Dich mal ausgeschlossen!" platzte er dazwischen.

„Okay, mich mal ausgeschlossen!" grunzte ich. Sollte er die Regeln bestimmen. Eigentlich störte es mich ja auch nicht, dass er Dörte hieß. Ich hatte einige Freunde, die etwas – äh – eigene Namen hatten: Emma, Matte oder Schädel.

„Hast Du jemals mit deinen Eltern gesprochen?" fragte ich beiläufig. „Ich meine, mittlerweile müssten sie doch gemerkt haben, dass du, na ja, n Junge bist, oder?" Meine Augen verengten sich zu Schlitzen und ich sah ihn von der Seite an.

Dörte hielt die Hand weiter in den Wind und pfiff leise.

Vor uns überschlug sich beinahe ein Opel Astra, der versuchte von der Überholspur nach ganz rechts auf die Ausfahrt zu fahren, an der wir bereits 50 Meter vorbei waren. Er schaffte es und Dörte schaute ihm versunken nach.

„Okay. Ich kenne dich jetzt seit 10 Jahren," sagte ich einlenkend und setzte den Blinker, „ich habe kein Problem damit das du Dörte heißt, aber damit, immer meinen Verwandten erklären zu müssen, dass ich nicht mehrere Freundinnen habe, sondern eine Freundin – und Freunde die wie Frauen heißen, aber weder schwul noch Transvestiten sind." Dörte sah mich an. Er spitzte ein bisschen die Lippen und schien zu überlegen.

„Ich *bin* schwul." Sagte er plötzlich trocken und starrte wieder aus seiner Scheibe. Draußen schossen Felder und Wiesen in langen Streifen vorbei. Ich war nicht schockiert oder so, aber schluckte trotzdem.

„Und was ist mit dieser Annika? Oder die übelste Ute aus Neustrelitz?" fragte ich. Er zuckte ruckartig und trotzig die Schultern: „Nüscht! – Janüscht. Einfach nur ficken und n bisschen Trallala!" Wieder riss er die Schultern hoch und blieb so. Wenn er trotzig war, sah er weibischer aus als ich es glauben wollte.

Kurz stand ein Schweigen im Auto; das nicht unangenehm, aber selten bei uns war. Dörte spielte an seiner Gürtelschnalle und schien ein wenig zu schmollen.

„Dörte, war doch nicht so gemeint!" sagte ich versöhnlich. „mir ist das doch egal, wenn du mich nicht gerade beim nächsten mal zelten vernaschen willst. – Du weißt schon!?"

„Was weiß ich?" fragte Dörte zurück. „Du hast Angst, dass ich Dir an die Wäsche gehe?" Ich nickte unmerklich.

„Pah, du bist gar nicht mein Typ!" Dörte blieb zickig.

„Was? Ich bin nicht dein Typ?" - Du hast doch selbst gesagt, dass mir die Weiber immer nachglotzen, weil ich son knackigen Arsch habe, der in Wirklichkeit nur n Hohlkreuz is!"

„Jaja, die Frauen..., aber *mein* Typ bist du nicht. Ich finde sogar du riechst und kleidest dich unvorteilhaft."

Unsicher sah ich ihn an.

„Ist das dein ernst?", fragte ich. „Ich rieche?"

„Na ja, nicht jeden Tag und auch nicht immer unausstehlich unangenehm, aber manchmal is es schon ganz schön strong."

Das sagte er aber schon ein wenig verschmitzter und freundlicher.

„Mann, ich arbeite hart!" sagte ich, selbst nicht gerade überzeugt und lächelte schief. Wieder schwiegen wir eine Weile. Ich hatte tatsächlich nicht gewusst, dass er schwul war, und konnte jetzt nicht genau einordnen, ob ich sauer oder so was sein sollte. Eigentlich ist es doch Stulle. Ich meine, ist Dörte jetzt etwa anders? – Jau schon, er steht auf Männer.

„Warum hast du mir das nie erzählt?", wollte ich wissen. Außerdem fühlte ich mich an der Reihe, das Gespräch wieder einzufädeln.

„Wann denn?" fragte er, als ob ich ihm nie eine Chance auf irgendwas gegeben hätte. Ich fühlte mich plötzlich wie in einer Beziehung, von der ich nichts wusste. Das schien auch Dörte zu merken und lenkte ein: „War nicht so gemeint, irgendwie wollte ich es dir immer mal sagen. Aber dann dachte ich wieder, du würdest es sowieso schon wissen und beim nächsten mal war der Anlass irgendwie doof." Er suchte Verständnis in meinen Augen und näselte an seinen Augenbrauen herum.

„Okay. Dann kann ich dir ja jetzt auch gestehen, dass ich lesbisch bin", sagte ich und kurbelte meine Scheibe runter. Jetzt zog es wie Hechtsuppe.

Dörte grinste und wuschelte mir durch die vom Wind wirbelnden Haare. „Kann dich trotzdem leiden", grinste er.

Ich ihn auch.

Ara, der Papagei auf meiner Schulter

von Lex

Montag 17. November
Liebes Tagebuch! Als ich vor die Tür ins Tageslicht trat, um die Tränensäcke zu lüften - da flog ein Papagei durch die Luft. Komisch, dachte ich noch, können Papageien eigentlich fliegen? - aber da hatte sich dieses Tier schon auf meiner Schulter niedergelassen, und zwar auf der linken, und es stellte sich mit einer leichten Verbeugung vor:

„Guten Tag, ich bin Ara, der Papagei auf deiner Schulter. Ich werde dich ab heute dein Leben lang begleiten."

„Heiliger Vater!" sagte ich, „was soll ich mit einem Papagei auf der Schulter? Und was sollen die Leute denken?"

„Gar nichts," erwiderte Ara, „die sehen mich nicht. So und nun schubse diesen Mann da vor die U-Bahn!"

„Aber warum denn? Den kenne ich doch gar nicht. Außerdem will ich nicht ins Gefängnis", erwiderte ich, etwas empört über die Ideen dieses Vogels.

„Hab keine Angst! Kein Richter der Welt wird dich verurteilen. Denn du hast ja mich, den Papagei auf deiner Schulter."

Ich würde Dir gern schildern, was dann geschah, liebes Tagebuch, aber Ara hat mir das verboten. Er kann ja alles lesen, während ich hier am Schreibtisch sitze. Er sagt, ich hätte schon zu viel verraten und er will jetzt in die Küche zu seinem Trill. Ich glaube es ist besser, wenn ich an dieser Stelle abbreche. Ich will Dir bald wieder schreiben liebes Tagebuch. Ich werde Dir bestimmt noch viel über meinen neuen Freund zu berichten haben.

Also, sei gegrüßt von mir und natürlich vom Papagei auf meiner Schulter

PS: Meine Frau ist der felsenfesten Überzeugung, daß ich spinne, aber Ara sagt, sie sei nur eifersüchtig, daß ich so was Exotisches auf meiner Schulter tragen darf und sie nicht.

Dienstag 18. November
Liebes Tagebuch! Ara macht mir sehr zu schaffen. Ich habe heute herausgefunden, daß andere ihn tatsächlich nicht sehen können. Hab vor dem Kaufhaus gestanden. Bin auf die Leute zugegangen, hab mich vorgestellt und gefragt, ob sie Ara sehen

und wenn ja, was sie von ihm halten. Die meisten ignorierten mich einfach. Andere drehten sich um und tippten sich an die Stirn. Ein paar Mädchen kicherten und sagten ich hätte 'nen Vogel.

Damit lagen sie gar nicht mal so falsch, den hab ich ja auch, auf meiner Schulter. Aber die meinten wohl nicht Ara.

Zum Schluß kamen ein paar Männer in Uniform und mit Kaugummi im Mund. Die fragten: „Was machst'n du hier?"

Worauf ich wahrheitsgemäß antwortete: „Guten Tag, mein Name ist Johannes Berg und dieser kleine Rohrspatz", und ich zeigte dabei verschmitzt auf meine linke Schulter, „ist Ara, mein Papagei."

„Du willst uns wohl verarschen", sagte der eine, „also paß mal uff Kollege, entweder du kofst hier wat, oder du haust ab. Verstehste? Kofen oder abhauen." Und der andere Sicherheitsmann sagte: „Wenn de nich von selba jehst, dann wirste jegangen, unzwar von uns beeden."

Ara meinte, daß diese Herren keinerlei Manieren hätten und ich sie dafür bestrafen sollte. Ich kann hier nicht im einzelnen schildern, was dann passierte.

Ara sagt, alle wollen immer nur Blut sehen und Leichen in Zeitschriften und so, aber wenn einer mal ernst macht vor ihrer Nase, dann schreien sie und laufen weg. Also ich will wirklich nicht auf Details eingehen, denn ich möchte keine Sensationslüste befriedigen. Ara will das nicht, und ich will es auch nicht.

Jetzt sind wir zu Hause. Gerade schläft er, er hat seine Sonnenblumenkerne gegessen und ist dann eingenickt. Wenn ich nicht tue, was Ara mir sagt, hackt er mit seinem Schnabel auf meine Schulter. Dann tut er mir sehr, sehr weh.

Noch immer Dienstag, 18. November

Liebes Tagebuch! Ich habe mich inzwischen an Aras Anwesenheit gewöhnt. Man könnte sagen, wir seien wie ein älteres Pärchen. In manchen Momenten denke ich, es wäre schöner ohne Ara. Aber im großen und ganzen kommen wir gut miteinander aus. Im Internet haben wir eine Photographie von einer Maus gesehen, der man ein menschliches Ohr auf den Rücken transplantiert hatte. Wozu weiß ich auch nicht. Aber wenn es so was gibt, warum sollte nicht ein Papagei auf meiner Schulter leben?

Als ich vor dem Spiegel stand, hab ich gesehen, daß Aras Krallen und meine Haut miteinander zu verwachsen beginnen. Darüber war ich ein wenig erschrocken. „Das ist der Lauf der Zeit.", sagte Ara.. Wer weiß denn, wieviel Zeit uns auf Erden beschieden ist? Laß sie uns nutzen, lieber Ara, laß sie uns nutzen!

Liebes Tagebuch! Ich muß mich sehr beeilen, denn Ara schläft nur sehr kurz. Also: Ara sagt, ich soll meine Frau vom Dach stoßen. Sie sei mißtrauisch uns beiden gegenüber. Und außerdem hätte sie mit einem anderen Mann geschlafen. Und anschließend hätten die beiden über uns gelacht. Ich kann das nicht ertragen liebes Tagebuch. Das darf nicht so weitergehen, ich glaube, bei der nächsten Gelegenheit ....
Pst! Ara wacht auf. Bis bald.

Mittwoch, 19. November
Liebes Tagebuch! War gerade in der Küche, da lag eine Messer, hab' damit Aras Kopf abgeschnitten, ha, ha, ha. Überall Blut. Hab alles weggewischt. Die Radiostimme in meinem Ohr sagt, das hätte ich gut gemacht. Sie sagt auch, daß alle Ärzte Lügner und Heuchler sind. Dagegen sollte man mal was unternehmen. Das finde ich eigentlich auch.
Ich schaue Fernsehen. Eine Reporterin steht auf dem U-Bahnhof Alexanderplatz. Sie ist blond und blutjung und sie spricht in ein langes weißes Mikrofon:
Vorgestern stieß ein älterer Mann auf dem U-Bahnhof Alexanderplatz einen Passanten vor die Räder der einfahrenden U-Bahn der Linie U5.
Die Kamera schwenkt auf die Gleise. Zwischen den Schwellen liegt Sägespänenmehl, es ist dunkelbraun verfärbt.
Für den 46-Jährigen kam jede Hilfe zu spät. Der U-Bahnführer erlitt einen Schock und wurde ins Bundeswehrkrankenhaus Berlin Mitte eingeliefert. Nach Angaben der Polizei sagte der mutmaßliche Täter bei seiner Festnahme, daß ein Papagei auf seiner Schulter ihn zu dieser Tat verleitet hätte.
Auf dem Bildschirm erscheint das Phantombild eines älteren Mannes. Er sieht aus wie jemand, dem ich schon mal begegnet bin. Auf seiner Schulter hat der Polizeigraphiker einen Papagei gemalt. Das ist doch wirklich zu blöd. Wer soll das glauben? Ein Papagei auf der Schulter!

Der mutmaßliche Täter konnte jedoch entkommen. Die genauen Umstände der Flucht sind nach wie vor ungeklärt. Zeugen erklärten, er sei geflogen, oder, Zitat, von „irgendwas fliegendem" an der linken Schulter getragen worden.

Die Radiostimme in meinem Ohr sagt, sie verabscheue Fernsehmenschen, sie seien eitel, sensationslüstern und eigentlich interessierten sie die Schicksale, über die sie berichten einen Dreck. Dagegen müßte man mal was unternehmen. Das finde ich eigentlich auch.

Teppichboden um 9. 00 Uhr morgens

von Sebastian Sonnenstrahl

Paul saß auf einem Bett und versuchte konzentriert, den Brechreiz in den Griff zu bekommen. Es war ganz still in dem kleinen Zimmer, bis auf das stetige Ticken eines Weckers und das stetige Würgen einer Kehle. Kleine Staubsternchen tanzten unermüdlich in dem Sonnenlicht, das durch das Fenster des Raumes fiel, als würden sie aus dem monotonen Tick – Wühp – Tick – Wühp – Tick – Wühp eine Melodie heraushören.

Das Schlimme an der Situation war, daß das Bett auf dem er saß, nicht mal Paul gehörte. Auch nicht der Teppichboden oder die Nachttischlampe. Wenn er sich jetzt also nach alter Tradition so richtig übergeben würde, dann könnte das etwas Ärger bedeuten. Seine Tante würde ihn sicher ein bißchen umbringen, denn ihr gehörte die Wohnung. „Das ist nun der Dank für alles, Paul? Das ist der Dank dafür, daß du hier zwei Wochen wohnen durftest, während ich im Urlaub war? Du schleuderst deine Magensäure in meinem Schlafzimmer herum?"

Upps! Paul durfte nicht an das Wort Magensäure denken. Durfte nicht daran denken, wie sich in seinem Inneren ein übelriechender Brei aus Kartoffelpuffer und Caipirinha dem Notausgang entgegensehnte. Er hätte auch ins Badezimmer gehen und sich über die Toilette beugen können. Das wäre dann so gewesen, wie in die Sonne zu schauen, wenn man niesen mußte. Es hätte ihn nämlich ohne Frage zum reihern gebracht. Wenn einem erst einmal der dezente Uringeruch aus der Kloschüssel in die Nase gekrochen war, dann übergab sich der Rest schon von ganz alleine.

Aber Paul wollte nicht reihern. Himmel, so ein Caipirinha hatte zwölf Mark gekostet. Er spülte doch nicht einfach 48 Piepen die Toilette hinunter.

Nein, nein, das bleibt schön alles da, wo es ist! Er wird sich jetzt noch amüsieren, bevor er schlafen geht. Er konnte sich eh noch nicht hinlegen und schlafen, denn dazu mußte er die Augen schließen. Und Augen schließen war nicht gut, mm-mm, dann konnten sich seine Pupillen nicht mehr an irgendetwas festhalten. Und wenn das geschah, würde es rund gehen. Und zwar mit überhöhter Geschwindigkeit.

Er sollte einfach noch etwas fernzusehen! Klar, fernsehen war gut, jetzt um 9 Uhr morgens kamen ja auch immer prima Trickfilmserien. Paul stand also auf und fragte sich gleich darauf, woher eigentlich der pelzige Geschmack auf seiner Zunge stammte. Also schaute er mit den Augen einfach zu der Stelle hin, wo er seinen Mund vermutete und bemerkte, *daß seine Zunge auf dem Teppichboden lag!!*

Das jagte ihm zuerst einen höllischen Schrecken ein, aber dann fiel Paul auf, daß ja auch sein Kopf auf dem Teppichboden lag. Und da, sein Oberkörper, komplett mit Unterkörper und allem drum und dran und... seine Zunge hing aus seinem Mund heraus. Hihi, er war wohl umgefallen, was? Ein Lächeln huschte über sein Gesicht. Soviel Spaß hatte er nicht mehr gehabt, seit er versucht hatte, die Tür aufzuschließen. Hatte er sie eigentlich wieder zugemacht? Keine Ahnung. Bestimmt! Man fragt sich ja immer solche abstrusen Sachen: „Ist das Auto abgeschlossen, hab´ ich den Herd ausgemacht, ist mein Hosenstall zu?" Was soll denn das alles? Der Mensch kann Schafe klonen und Satelliten im All kreisen lassen, aber sich merken, ob er die Haustür abgeschlossen hat, das kann er nicht. Plötzlich begann das Telefon in der Diele zu klingeln. Einmal, zweimal, sechsmal. Dann verstummte es wieder. Mann, das war gruslig, fand Paul.

Wie dieses Klingeln so durch die verlassene Wohnung gekrochen war. Wie in einem Gangsterfilm in schwarz-weiß, wo die Kamera langsam auf das Telefon zufuhr, während es klingelte, Leuchtreklameschilder hinter zugezogenen Gardinen unablässig pulsierten und kurz bevor das Kameraobjektiv den Telefonapparat vom Schreibtisch schubst, greift eine Hand mit ´ner Frau dran zum Hörer und wispert: „Hallo?"

Warum sahen die Frauen in diesen alten Filmen eigentlich immer so nichtssagend aus, fragte Paul sich ernsthaft.

Wenn er heutzutage ins Kino ging, brauchte er gar kein gesalzenes Popcorn zu kaufen, die Frauen auf der Leinwand brachten ihn sowieso ständig dazu, daß er das Zeug mit seinen Tränen überschüttete. Wie konnte die Menschheit sich überhaupt bis ins Jahr Zweitausendeins fortpflanzen, wenn die damals alle so scheiße aussahen? Das war bestimmt keine schöne Zeit damals! Vor allem während der Prohibition muß es schlimm gewesen sein, da konnte man sich ja nicht mal jemanden schön trinken.

Ja, das wäre was, wenn man sich selbst auch schön trinken könnte, dachte Paul grinsend. Dann wären alle Models ständig besoffen und müssten immer aufpassen, nicht vom Laufsteg zu kippen.

Ansonsten waren ja Modenschauen nicht Pauls Welt. Man kuckt sich ja auch keine Kochsendungen an, wenn man drei Tage lang nichts gegessen hat. Auch diese Rapper-Videos schaute er wahnsinnig ungern. Da ist es ja gang und gäbe, daß oberscharfe Frauen im Bikini die ganze Zeit mit ihren Hintern vor der Kamera rumwackelten. Da lagen sie dann alle um diese Swimmingpools herum und räkelten sich in der Sonne.

Eine Teil in Pauls Gehirn fragte höflich, ob man nicht das Thema wechseln könnte.

Pauls Lendenbereich schloß sich dem an. Es wäre doch nicht so schwer, vielleicht einfach an was anderes zu denken. An Blumen beispielsweise. „Und Bienen!" schrie jemand vorlaut in seiner Gedankenwelt. Hm, also Blumen, dachte Paul. Was hatte er denn mit Blumen zu schaffen?

Auf dem Tresen in der Bar hatten Blumen gestanden, fiel ihm ein. Ja, ein ganzer Strauß. Zuerst wußte Paul gar nicht, ob sie echt waren. Nach dem halben Abend hatte er dann einfach die Goldprobe gemacht – und hineingebissen.

Und sie waren echt gewesen! Hey, *daher* stammte der Belag auf seinen Vorderzähnen, den er vorhin im Spiegel gesehen hatte, fiel es ihm ein. Mann, und Paul hatte schon gedacht, es sei was Ernstes. Vielleicht grüner Star oder was es da sonst noch so gab. Ja, es... es gab ja Krankheiten, die will man ja niemals bekommen. Ein Holzbein beispielsweise oder ein Glasauge. Junge, man stelle sich das mal vor! Eines morgens wacht man auf und hat so was. Neenee, das mußte nun wirklich nicht sein. Paul hatte wahrlich schon genug Probleme. Beispielsweise verspürte er seit geraumer Zeit einen Druck auf der Blase. Als er den Kopf ein wenig nach unten drehte, bemerkte er, das er die Nachttischlampe bei seinem Sturz von der Kommode gefegt hatte und diese jetzt auf seinem Unterkörper lag. Aha, daher der Druck! Und er hatte schon befürchtet, er müsse auf die Toilette. Das wollte er nämlich gar nicht. Es war ganz gut, hier zu liegen.

Der Teppichboden war ziemlich weich und das Sonnenlicht

tastete sich langsam den Schrank entlang zu ihm herunter. Durch das Fenster konnte er ein Stück Himmel sehen. Es war so blau wie Paul selbst. Schade, daß er den Tag wohl verschlafen wird. Ach, möglicherweise auch nicht! Müde war er ja eigentlich gar nicht.

Nur ein wenig geschafft vielleicht. Er konnte noch nicht schlafen. Obwohl er sein Pensum erfüllt hatte. „Wir machen durch bis morgen früh", lautete eins der Lieder, die den ganzen Abend in dieser Bar gelaufen waren und Paul hatte schließlich genau das getan. Plötzlich fiel ihm etwas ein.

Als dieses Lied zum vierten Mal kam und sich Pauls Alkoholspiegel zudem so langsam seinem Abiturdurchschnitt genähert hatte, war der Mann in die Bar gekommen. Himmel, ja! Der Mann! Paul hätte sich beinahe abrupt aufgesetzt, hätte er nicht vorhin mit seinem Gleichgewichtssinn etwas anderes vereinbart. Er lag auf dem Teppichboden, starrte zur Decke empor und war erstaunt darüber, wie er den Mann hatte vergessen können. Den Menschen, den Paul auf dem gesamten Erdball jetzt am allermeisten beneidete. Noch nicht einmal Jens hatte er so beneidet, der mit dieser Claudia zusammen war. Oder, WOWdia, wie Paul sie zu nennen pflegte. Der Mann!

Er war hereingekommen, mit seinem Jogginganzug vom Polenmarkt und dem Schnurrbart in der Größe einer schwangeren Feldmaus. Er kam den Gang hinuntergeschlendert und stieß dabei gegen einen Stuhl, weil er einer Frau am Billardtisch in den Ausschnitt gestiert hatte.

Er kam zur Bar geschritten und bestellte ein Bier. Während er auf sein Bier wartete, testete seine Hand ständig pflichtgemäß, ob noch alles dran war.

Dann war sein Bier fertig. Der Mann nahm einen kleinen Schluck, warf sein Geld auf den Tisch und ging. Das Bier stand noch da, nur ein Schluck fehlte. Der Barbesitzer hatte nur gegrinst, zu Paul rübergesehen und gesagt: „Das macht der jeden Abend!"

Und das hatte Paul getroffen wie ein Hammerschlag. Beinahe wäre er aufgesprungen um den Mann zu folgen. In diesem Moment wußte Paul, daß er jemanden getroffen hatte, der sein ganzes Leben entscheidend verändert hatte.

Paul war schwindlig geworden. Dieser Mann hatte es geschafft! Dieser Mann hatte vollbracht, was Paul noch nicht mal annähernd vollbracht hatte! Dieser Mann war... dem Tod überlegen. Er war unsterblich geworden, weil er nie in den Köpfen der Leute sterben würde. Wenn der Mann einmal das Zeitliche segnen wird, dann konnte man etwas über ihn erzählen. Dann konnte man sagen: Er war der Mann, der jeden Abend in die selbe Bar kam, ein Schluck Bier nahm, zahlte und wieder verschwand. Nicht so was läppisches wie: Er war mal mit dem schönsten Mädchen der Stadt zusammen oder er fuhr früher mal einen Trabant 601 oder hatte rote Haare gehabt oder oder - das alles war vergänglich. Das waren glatte Erinnerungen, die einem aus dem Kopf schlüpften. Das erzählte man sich nicht mehr nach fünf Jahren. Aber der Typ zu sein, der jeden Abend in die selbe Bar kam, ein Schluck Bier nahm, zahlte und wieder verschwand, *das war ES*.

Und an dieser Stelle war auch irgendwie der Abend für Paul gelaufen. Die Geschichte hatte ihn zu sehr hinuntergezogen. Seinen letzten Caipirinha hatte er nur noch lustlos heruntergestürzt.

Er hatte sogar mit seinem Strohhalm auf ein Stück Limette eingestochen, bis es nicht mehr wie ein verdammtes Lächeln ausgesehen hatte. Nachdem Paul seine 48 Mark ausgeben hatte, war der Mann allerdings wieder aus seinem Bewußtsein verschwunden, wie der Name einer ägyptische Hustensalbe. Aber jetzt war er wieder da. Er war wieder in seinem Kopf. Und jener Neid begann Paul erneut herunter zu ziehen. Begann ihn fertig zu machen.

Wenn Paul nur so etwas machen könnte! Etwas so verdrehtes, daß man es sich nach seinem Tod noch unter Lachanfällen erzählen würde.

Und dann fiel es ihm ein. Es war ganz leicht! Junge, er brauchte nur aufstehen und seinen Mageninhalt über das Schlafzimmerinventar seiner Tante zu entleeren! Das war doch eine Geschichte! Paul begann sehr breit zu lächeln. Ja, jetzt war er allem überlegen. Jetzt würde er Geschichte schreiben. Er war furchtbar glücklich, jetzt Geschichte zu schreiben.

Und so glücklich, wie noch nie zuvor in seinem Leben, fielen ihm die Augen zu und er schlief selig lächelnd ein.

Glücksspirale

von Lars

Ich habe jetzt schon eine Weile Sex, zumindest wenn ich die Jahre mit mir selbst dazu zähle. Ich will nicht behaupten, daß ich der totale Crack in dieser Frage bin, aber ich denke schon, mich ein bißchen auszukennen. Zumindest weiß ich schon mal, wo alles ist

Ich höre da schon das Gelächter, aber wenn alle wie ich die Ratgeberseiten von Frauenzeitungen studieren würden, wüßten sie, daß das nicht alle Männer von sich behaupten können.

Ich weiß nicht, ob es an den Polizeirufen lag, die ich als Kind gesehen habe, oder ob es so eine unbestimmte Ahnung war, die ich aus dem entwickelte, was um mich herum in der Welt passierte. Für mich war relativ früh klar, daß Mann zu sein eine komplizierte, wenn nicht sogar unschöne Angelegenheit werden könnte. Männer sind die, die ihre Frauen nicht verstehen wollen, sie unbewußt oder, schlimmer noch, wissend verletzen, Familien beim Zigarettenholen verlassen, beim Sex nur an sich denken. Männer sind potentielle Gewalttäter, die in Gen-Karteien registriert werden müssen, und diejenigen, die außer Fußball nichts im Kopf haben. Mit dieser Rolle konnte ich mich nicht abfinden. Ich kann Fußball nicht leiden. Immer wenn es in der Schule darum ging, eine Fußballmannschaft zusammenzustellen, war ich der Letzte, der gewählt wurde.

Deshalb beschloß ich, ein Frauenversteher zu werden und meldete mich zum Nadelarbeitsunterricht. Das ist ein bißchen so, wie zur Fremdenlegion zu gehen, nur umgekehrt. Ich lernte, Socken zu stopfen und gab mir auch sonst alle Mühe, zu den Guten zu gehören.

Wenn ich Frauenzeitungsmaßstäbe anlege, habe ich mich zu einem fast idealen Mann entwickelt. Mal abgesehen davon, daß ich meine Fußnägel nicht oft genug schneide. Nur genützt hat mir das nichts. Das muß irgend etwas mit Biologie zu tun haben oder mit Instinkten oder mit beidem.

Mädchen wollen keine netten Jungs. Die finden die, die sie verabscheuen wollen, viel interessanter. Als Netter ist man für ein kleines Gespräch am Rande gut genug, man wird aber nie das erhebende Gefühl erleben, Augen zum Glänzen zu bringen, zumindest, wenn man die der Mütter oder Großmütter nicht mitrechnet. Es ist schon eine bittere Erfahrung, wenn man Frauen zwar verstehen darf, aber nicht ran.

Nun gut, wahrscheinlich bin ich nur deshalb ein so guter Liebhaber geworden, weil ich mich lang genug theoretisch damit beschäftigen konnte.

Deshalb nehme ich auch heute noch jede Bildungsmöglichkeit mit. Neulich im Radio zum Beispiel wurde eine Frau zu dem Sexratgeber für Männer, den sie geschrieben hatte, interviewt. Was sie denn Männern so empfehlen könne, wurde sie gefragt. „Fremdgehen zum Beispiel", antwortete sie „Das bringt neue Einfälle." Selbst dazu hätte ich eine Beziehung gebraucht. Gibt es denn nichts, was man auch allein üben kann? „Männer müssen einfach viel fragen, um herauszubekommen, was sich Frauen wünschen." Das wollte ich mir merken.

Als ich als Teenager mitbekam, daß nett und verständnisvoll sein nichts bringt, versuchte ich cool zu werden. Einen Sommer lang schmiedete ich Pläne, was für Klamotten ich bräuchte, wie ich meine Haare tragen müßte und daß ich dringend einen Mopedführerschein benötigte. Am Ende des Sommers stellte ich fest, daß humorvoll zu sein vielleicht ein gelungener Kompromiss war. Von da an ging es mit den Frauen etwas besser. Sie lachten jetzt wenigstens über mich.

In der Zwischenzeit studierte ich weiter *Liebe, Sex und Zärtlichkeit* in der *Bravo* oder besser noch die *Bravo Girl*. Bald hatte ich für jede Situation, die mit Frauen zusammenhing, einen inneren Zehnpunkteplan aufgestellt, in dem die richtige Vorgehensweise festgehalten war. Da hat man was, woran man sich halten kann. Nicht so ein schwammiges Gequatsche, wie man es von den Eltern immer hört.

Wenn ich jetzt auf diese Phase zurückblicke, muß ich sagen, daß Zeit vielleicht mein bester Partner war. Auch Mädchen verändern sich. Irgendwann stellen sie fest, daß die supersportliche Pheromonschleuder mit dem niedlichen Po, die wegen beschmierter Wände schon mal mit dem Gesetz in Konflikt war und frech zu den Lehrern ist, nicht unbedingt für ein ganzes Leben taugt. Man braucht auch noch andere Qualitäten. Das war meine Chance.

Tatsächlich mußte ich aber 22 Jahre und 7 Monate alt werden, bis es zum ersten Mal klappte. Warten lohnt sich, habe ich mir mangels Gelegenheit immer gesagt und war damit rein sexuell in Einklang mit der *ProFamilia*-Broschüre, die ich hin und wieder studierte. Es war nicht direkt mein Verdienst, aber ich hatte mich wenigstens nicht übereilt an die Falsche verschenkt.

Die Richtige lernte ich vor genau 3 Wochen in einem Club kennen. Seit der Phase, in der ich versucht hatte, cool zu werden, war ich an manchen Wochenenden in so einem Schuppen. Man konnte Frauen beim Tanzen zusehen. Das war aufregend. Man konnte erahnen, wie sie sind, wenn sie sich gehen lassen.

Ich stand gerade mitten im Raum und dachte so vor mich hin, zum Beispiel, wie man zwischen den Menschenmassen in eine leere Bierflasche pinkeln kann, ohne daß es jemand merkt, da sah ich sie. Und sie sah mich auch. Das war neu. Sie anzusprechen war plötzlich kein Problem mehr.

Meine Freunde haben mich früher immer gefragt, wie sie Frauen kennen lernen sollen. Sie wußten, daß ich mich mit so was auskenne. Ich sagte dann immer, daß man eigentlich gar nichts machen muß. Wenn man die Richtige traf, würde alles wie von selbst gehen. Dann wäre es nicht mehr nötig, sich irgendwie zu verstellen und sich vor sich selbst und den anderen zum Affen zu machen. Das hatte ich aus dem Buch *Die Psychologie der modernen Liebe*. Das es wirklich so ist, konnte ich ja nicht wissen. Alles war so einfach, wie ich es mir immer ausgemalt hatte.

Wir sahen uns in den letzten Wochen ziemlich oft, redeten, fingen an zu küssen, und heute - nein gestern - landeten wir in ihrem Bett. WOW!

Wir hatten Kerzen an, wir hörten die richtige Musik, ich hatte mich gewaschen und die Zehnägel geschnitten. Alles war perfekt!

Ich hatte natürlich ein Kondom dabei. „Verhütest Du?", fragte ich sie trotzdem und versuchte dabei, in etwa so rüber zu kommen, wie Humphrey Borgart, als er sagte „Schau mir in die Augen...".

Sie lächelte. „Ich nehm' die Spirale". „Echt", dachte ich. Gab's die Dinger also wirklich. Und während ich noch so ein bißchen dachte, setzte sie mit einem schüchternen Lächeln hinzu: „Das ist meine Glücksspirale".

Mein Gesicht muß ausgesehen haben, als hätte ich die Frage: Was zum Teufel willst du damit sagen? wirklich ausgesprochen, denn sie erklärte mit verklärten Augen: „Mit der hatte ich nur Glück, nur gute Typen."

Verdammt, verdammt, verdammt. Sie hatte schon mehrere Typen. Und sie hatte gute, und sie hatte schlechte. Die Meßlatte war damit hoch gehängt, und eine andere sank zu Boden. Ich setzte mich auf und legte so ungezwungen wie möglich die Hände über meine Geschlecht. Dann wurde mir klar, daß das wie ein Rückzug aussehen konnte und ich versuchte das Gegenteil. Ich war verloren. Ich stürzte in die Tiefe und wartete auf das rettende Netz eines inneren Zehnpunkteplans, aber für diese Situation hatte ich wohl keins gespannt.

Plötzlich säuselt mir die Frauenstimme von neulich aus dem Radio ins Ohr: „Du mußt einfach nur fragen." Von da an ging es wieder aufwärts.

Ich fragte einfach: „Ist es so besser oder so? Ist es so besser oder so?". Na ja, vielleicht war es ein bißchen, wie beim Optiker, wenn die Stärken für die neue Brille ausgemessen werden. Aber der fragt auch: Wird es nur kleiner und dicker oder auch schärfer? Ich war jetzt jedenfalls auf der sicheren Seite. Ich konnte mich voll nach ihren Wünschen richten und war damit das, was man einen 100%igen Liebhaber nennen könnte.

Dann zog sie sich plötzlich an und sagte, daß sie keinen Bock auf meine perversen Spielchen hätte. Was? Verdammt, das war doch nicht pervers gemeint, nur gut! Frauen scheinen einfach nicht zu wissen, was gut für sie ist. Sie sollten mal mehr über Sex lesen.

Ich versuchte ein paar hilflose, bittende, dann unterwerfende Gesten, aber sie zog sich weiter an. Sie war schon in der Tür, dann erinnerte sie sich, daß wir bei ihr waren und schmiß mich einfach raus.

Jetzt sitze ich hier und verstehe die Welt nicht mehr. Das Glück ist wie die Doofen, sagt man, und die dümmsten Bauern finden die dicksten Kartoffeln. Vielleicht ist da ja was dran. Aber ich kann mich vom Glauben an die Macht des Wissens noch nicht ganz lösen. Ich mache jetzt den Fernseher an. Vielleicht kommt auf *RTL II* noch ein bißchen Bildungsfernsehen.

Worte

Poem von K.Lypse

Worte sind wie Kleidungsstücke,
manchmal etwas groß.
Sie passen nicht, man wächst heraus,
sie sind bedeutungslos.

Worte sind wie Steine,
und sie schleudern ins Gesicht,
sie quälen, foltern, morden,
doch allein tun sie das nicht.

Und Worte sind wie Wasser,
perlen zärtlich auf der Haut,
sie streicheln, küssen, kosen,
und sie werden sehr vertraut.

Manch Worte sind wie Nahrung,
in einer Wüste, stumm und leer.
Sie nähren und beleben
und (sie) können noch vielmehr.

Kleidungsstücke, Wasser,
etwas Nahrung, einen Stein,
bau dir ein Haus aus deinen Worten
und ziehe darin ein.

Liebe Maike!

von K.Lypse

Man denkt immer, hinter Deiner Verschlossenheit liegt ein Geheimnis: Die Unantastbarkeit, diese ab und an zu Tage tretende Distanz, der Hauch von Unberührbarkeit und so etwas wie Kälte. Ich weiß nicht, was los ist. Als ob ich Dich nicht kenne. Ich liebe das Abenteuer und auch die Überraschung, aber jeden Tag muß ich mich neu auf Dich einstellen, weiß nie woran ich bin, ob das was gesagt wurde, auch morgen noch so gemeint ist. Ich will das Hundertprozentige, ich weiß, und bin selbst die Komplikation in Person. Aber das Gefühl mit einer anderen Frau zusammen zu sein, nicht mit der, in die ich mich einst verliebt habe, ist es nicht wert, unausstehlich. Habe ich Dich jetzt erst kennen gelernt? Habe ich mich selbst so sehr verändert und bin ignorant und gefühllos geworden? Ich liebe Dich, weil Du für mich das Kind bist, die Frau, die Göttin. Du weißt, was ich will, Du sagst, Du willst es wissen, und ich rede ja fast nur...

Aber Dein Tagebuch weiß beneidenswert viel mehr über Dich als ich, ist zum Ersatz geworden, scheint mir. Ich hasse es, weil es Dir abnimmt, was uns angeht. Was mache ich falsch, wenn Du Dich mir entziehst oder ich es glaube?

Wenn Du bei Themen, die fast immer ich anspreche, beleidigt oder überrascht bist? Wenn Du Situationen übersiehst oder überspielst oder runterschluckst und wie es scheint, einfach vergessen kannst, die mir doch aber so offensichtlich erscheinen und auch nicht immer fair von meiner Seite waren? Wenn ich Dich nicht zum Höhepunkt bringe, obwohl ich es will? – Ja, das ewige Thema, Du bist zufrieden, alles ist in Ordnung und Du hast auch genau in den zwei Monaten keine Lust auf Sex, in denen ich mich Dir aus unerfindlichen Gründen „entziehe". Keine Ansprüche oder nur ganz kleine? Das glaube ich nicht, denn in jemanden ohne Anspruch hätte ich mich unter Garantie nicht verliebt. Aber was ist es dann?

Ich komme immer wieder zu dem Schluß, daß es an mir liegen muß und vielleicht ist genau dies das Problem: Ich bin einfach ein vollkommen von sich selbst geblendeter Egoist, fern von der Wahrheit Deiner Empfindungen, um die ich mich zwar bemühe, aber ewig nicht merke, wie ich daneben liege und

Deine Zeichen nicht zu deuten vermag. Ich glaube einfach nur die ganze Zeit mehr von Dir bekommen zu können, mehr als Deinen Körper und Dein wunderschönes Gesicht. Dich.

Erwarte ich zuviel? – Du wirkst so orientierungslos, und wenn ich Dich darauf anspreche, schon ganz vorsichtig, muß ich mir vorkommen wie ein belehrender Vater, als ob ich kein Vertrauen habe, in Dich, und das, was und wie Du es tust, als ob ich dir nichts zutraue – und das stimmt nicht.

Weißt du was ich schlimm finde? – Daß ich Dich erst einmal richtig weinen sah! Einmal. In 2 Jahren. – Ich hab bestimmt schon zwanzig mal geheult, und selbst wenn ich eine Weichwurst bin, ist das ein beunruhigender Schnitt.

Fremde denken immer, hinter Deiner Verschlossenheit liegt ein Geheimnis – aber wenn dann da vielleicht gar nichts ist? Nichts was mir vergönnt ist zu entdecken?

PS: Ich liebe Dich, auch wenn ich vermutlich mal wieder zu viel sage und schreibe, zu deutlich – und es doch genau das ist, was Du nicht willst.

Dein Kalligari

Knarrende Dielen, fehlende Deckenleuchten, zwei Scheinwerfer, die ihre Köpfe senken, wenn man sie ausknipst – dieses Haus ist seltsam. Seine Bewohner sprechen im Schlaf, und irgendwie schlägt man sich durch den Winter.

von Lex

Wir hatten uns ganz gut eingerichtet, mein Freund Paul und ich. Jeder bekam ein Zimmer: Paul das größere, ich das kleinere - dafür hatte meines einen Balkon, auf dem ich stand, wenn ich den Leuten auf den Kopf guckte und runter spuckte. Die Dielen im Korridor waren baumstammdick und knarrten, wenn ich spät kam und Paul schon schlief. Dann war es finster und ich fand mich nicht zurecht: Manchmal öffnete ich die Kühlschranktür, denn wir hatten noch keine Lampen gekauft.

Die Tage wurden kürzer. Kastanien schlüpften aus ihren Kapseln und prasselten auf das Pflaster oder auf meinen Kopf, wenn ich das Haus verließ. Am Mittag war es noch warm und Lisa und ich legten uns auf das Dach, um uns zu sonnen. Abends aber war der Himmel klar und kalt und ich holte den Mantel aus dem Schrank.

An einem Samstag, als ich wieder spät kam, flutete Licht aus dem Türspalt und dem Spion. Zwei Scheinwerfer standen im Flur und starrten mich an.

„Sie heizen auch", sagte Paul.

„Wir können unsere nassen T-Shirts davor hängen", sagte ich.

Wir rauchten in der Küche und betrachteten das Ungeheuer, dessen Augen wie das Feuer der Hölle leuchteten. Nachts schlich ich in den Flur. Die Scheinwerfer senkten ihre Köpfe und schlossen die Abblendklappen. Dieser Anblick war unendlich traurig für mich, denn er hatte nichts mit den beiden feuerspeienden Glücksrittern gemein, die sie waren, wenn man sie anknipste.

Am nächsten Morgen klingelte es, oben, an der Wohnungstür, dreimal, viermal. Ich tapste durch den Flur, frierend, fluchend, weil es so kalt war und der Ofen nicht durchzog. Ich öffnete und sah zwei Koffer, aus denen Ärmel und Hosenbeine herausschauten und dahinter stand Lisa und lächelte mich an. Ich schob meine Sachen im Schrank zusammen, um Platz zu schaffen und machte ein bißchen Aufwand, daß sie sich wohl fühlt. Vor wenigen Wochen hatten wir Zukunftspläne geschmiedet, wir waren im Stadtwald spazieren, um den Flugdrachen zuzuschauen, es begann zu dämmern und wir beeilten uns nach Hause zu kommen. Jetzt waren die Pfützen am Morgen bereits mit einer hauchdünnen Eisdecke überzogen. Auf dem Balkon hielt man es keine Zigarettenlänge mehr aus.

Jetzt war Lisa also angekommen, in meinem Leben. Einfach so. Stand vor der Tür, lächelte ... ihre braunen Rehaugen ... was soll ich sagen. Ich freute mich, ich war überrascht und durfte mir davon nichts anmerken lassen.

Sie kaufte Blumen und Pflanzen, die meinem Kaktus auf dem Fensterbrett Konkurrenz machten. Sie brachte frische Bettwäsche, die wie ein Westpaket duftete. Sie strich die Zimmerdecke himmelblau. Ein feuerwehrrotes Telefon mit Wählscheibe stand auf dem Boden und blinzelte mich an. Wenn Lisa telefonierte, brauchte ich nur dem Kabel zu folgen, um sie zu finden. In Pauls Zimmer saß sie dann, in der Küche oder auf dem Balkon. Ich legte mein Ohr auf ihren Bauch und lauschte ihrer Stimme. Lisa. Lisa. Lisa.

Wir hatten uns ganz gut eingerichtet, Lisa und ich und

manchmal Paul. Wir schliefen im kleineren Zimmer, das einen Balkon hatte, auf den hinauszugehen und den Leuten auf den Kopf zu spucken es nun zu kalt geworden war. Manchmal lagen Lisa und ich nachts wach und taten so, als dächten wir, der andere würde schlafen. Zwei Scheinwerfer, die ihre Köpfe gesenkt und die Abblendklappen geschlossen haben. Die Dielen im Flur waren baumstammdick und knarrten, wenn der eine kam und der andere schon schlief. Paul sahen wir nur selten. Und als der erste Schnee kam, war er verschwunden.

Das Haus, das wir bewohnten, war vierstöckig und die Wohnungen im Parterre standen leer. Unsere Wohnung war ganz oben und im Winter begann das Holz des Dachstuhls gegen uns zu arbeiten. Wenn es Wind gab, heulte es oder aber das Holz ächzte unter der Schneelast, wenn es geschneit hatte. Und überhaupt der Winter. Oft war ich früh der erste, der aus unserem Haus durch den knietiefen, unberührten Schnee ging. Am Abend waren zwei Spuren dazugekommen, Stiefelabdrücke von Lisa und die Tatzen einer Katze. Die ganze Stadt blieb zu Hause, es waren kaum Passanten auf unserer Straße, denen ich auf den Kopf spucken konnte. Noch nie in meinem Leben hatte ich soviel Schnee erlebt. Manchmal saßen wir in Decken eingehüllt in der Küche und schauten in die kahlen Bäume.

Paul war seit Wochen nicht mehr aufgetaucht, es fanden sich weder Spuren auf dem Küchentisch, noch knarrten nachts die Dielen im Flur. Wenn ich alleine war, stöberte ich in seinen Schränken, schaute mir seine Fotosammlung an, las in seinen Büchern. Wir suchten nach Paul an den Wochenenden in den Clubs, deren Flyer ich in seinem Zimmer gefunden hatte.

Lisa nahm einen schwarzen Kater bei uns auf, der gern um meine Füße streifte und an meinen Socken leckte. Wir tauften ihn Moritz, aber er hörte nicht, wenn man seinen Namen rief. Machmal saß er auf der Fensterbank und schien in die Ferne zu schauen. Ich setzte mich dann neben ihn und wir blickten gemeinsam in den grauen Himmel.

Im Radio wurde gesagt, daß die Wettereinbrüche zu Versorgungsproblemen führen könnten. Wenn der Strom ausfiel, stellten wir Teelichte auf. Und als Paul aus dem Nichts wieder auftauchte, begannen wir Kohlen aus den Kellern zu klauen. An den Sonntagen fuhren wir mit dem Zug in die Wälder, mit einem Schlitten, auf dem wir zu dritt Platz hatten. Oder wir liefen zum See, über den sich Gruppen kleiner Punkte wie Eisnomaden bewegten. Noch immer wurden die Tage kürzer und noch immer wurde die Stadt nachts von heftigen Schneefällen heimgesucht. Die Schneeberge links und rechts der Straßen türmten sich meterhoch; die Bewohner der Häuser schaufelten sich Schneisen frei, und dort, wo sie gestern ihre Autos abgestellt hatten, fanden sie Schneehaufen, aus denen die Spitzen der Außenspiegel ragten. Wer unterwegs war, ging zu Fuß, denn Busse und Straßenbahnen fuhren unregelmäßig. Die Läden in den Erdgeschossen blieben geschlossen und in den Vierteln verteilten Männer in grünen Mänteln Essenspakete und Decken vom LKW. Rohre platzten auf und riesige Eisseen machten ganze Straßenzüge unpassierbar. Die ersten, die es traf, waren die Obdachlosen, die auf Kartons liegend und in Zeitungen eingewickelt in den Hausfluren erfroren, obwohl, wie der Bürgermeister im Fernsehen betonte, für jeden eine Notunterkunft bereitgestellt worden war. Wer die Möglichkeit hatte, verließ die Stadt. All unsere Zukunftspläne schienen in Schnee und Eis konserviert. Wir waren gefangen in einem Gletscher und alles was uns blieb, das war, auf die Schneeschmelze zu warten.

An einem Samstag verfeuerten wir unser letztes Kohlenpaket und Aussicht auf Nachschub gab es keine. Paul und ich zogen los, was aufzutreiben. Als erstes nahmen wir die Holzverschläge aus den Kellern, später bedienten wir uns ganzer Kiefern, die wir im Stadtwald fällten, und als der Winter in seinen letzten Atemzügen zu liegen schien, froren wir in Aussicht auf Besserung. In den Nächten hatte ich furchtbare Frostträume, Lisa und ich, Sibiriensex im Schnee, und dann kam Paul und zerhackte die Jugendstilkommode und meine Zehen waren taub. Wir trauten unseren Augen nicht, als eines Morgens Sonnenstrahlen durch das Fenster fielen. Als der Asphalt durch den Schnee kam. Als die Eiszapfen an der Dachrinne tropften. Wir konnten wieder über den nächsten Morgen hinaus denken. Und während die Normalität Einzug hielt, sahen wir uns immer seltener. Unsere Straße belebte sich wieder, die Menschen saßen über einem Milchkaffee und hielten ihre Telefone ans Ohr und es sah aus, als sprächen sie zu sich selbst.

Paul hatte so einen roten Citröen Chetaux Diuex ausgeliehen, aber fahren konnte er ihn nicht. Das waren so seine Überraschungen. Wir nahmen eine Straße aus der Stadt, und wenn wir beschleunigten, klappte das rechte Flügelfenster auf. Der Motor überschlug sich, es zog wie Hechtsuppe und wir konnten unser eigenes Wort nicht verstehen. Die Rollen waren also verteilt: Lisa schlief auf der Rückbank, neben Moritz, der schon zweimal mit der Pfote nach meiner Schulter gegriffen hatte. Ich hielt das weiße Kunststofflenkrad zwischen den Händen und Paul drehte die Zigaretten; ich brauchte wirklich nur mit den Fingern zu schnipsen, gleich hing ein Blättchen an seiner Zunge. In solchen Dingen ist Paul nicht kleinlich.

Die Buchenwälder wurden dichter, das Kopfsteinpflaster wölbte sich bedrohlich in die Höhe. Ich befürchtete jeden Moment, mit dem Unterboden aufzusetzen. Über den Baumwipfeln mußte die Sonne scheinen, hier unten aber war es erdrückend schattig.

Immer wenn uns ein Traktor entgegen kam, spielten wir das „Verwöhnte-Stadtkinder-gegen-den-Landwirt" Spiel, nur saßen wir in einer Ente und uns gegenüber rollten Räder in der Größe von Mühlsteinen, an denen Mist klebte, und man konnte auch keinen Bauern erkennen, der sie sicher hätte auf seine Scholle lenken können. Hinter sich zogen diese Ungetüme rasselnde Ketten über das Pflaster, daß die Funken stoben. Die Allee war schmal und das Lenkrad drohte durch meine schwitzigen Händen zu glitschen. Das letzte Dorf lag schon eine halbe Stunde hinter uns und als das Radio nur noch zusammenhangslose Wörter von sich gab, war unser letzter Kontakt zur westlichen Welt abgebrochen. Wir hatten es also wieder mal geschafft. Wir waren weg, verschluckt von einem dunklen Wald. Niemand hatte uns verfolgt, keiner hatte uns aufhalten können, noch nicht einmal die führerlosen Traktoren, die unseren Weg kreuzten.

Wir waren jetzt noch tiefer in den Wald vorgedrungen, passierten Kreuzung um Kreuzung, und ich fand, sie sahen alle gleich aus. Wir fuhren im Kreis. Vor uns ein schmaler Forstweg, die Gräser zwischen den beiden Fahrspuren streichelten den Unterboden. Furchterregend hohe Brennesselfelder, Ameisenhaufen, ein Sumpf, manchmal Birken, manchmal Buchen, manchmal Eichen. In diesen

Wäldern, das wußte ich, lebten alte Weiber, den krummen Rücken auf einen Wurzelstock gestützt, Körbe mit Pilzen, Beeren, Kräutern vor einer Hütte, die auf einem großen Krähenfuß steht und sich drehen kann. In diesen Wäldern mußt du achtsam sein; Tiere fangen an zu sprechen und eh du dich versiehst, bist du mit einem Fluch belegt, einfach so, und mußt sehen wie du dich davon befreist.

Unsere Ente war nunmehr ein Kutsche. Wenn ich es richtig sah, hielt ich statt des Lenkrads lederne Zügel in der Hand und das Schlagen der Nockenwelle stellte sich als Galopp der Pferde heraus, die im Zaum zu halten in diesem verhexten Dickicht mir äußerst schwerfiel. Paul schien von all dem nichts zu merken. Er schaute auf seine Karte und sprach von einem See, den wir aufsuchen würden, um uns darin zu baden. Den Teufel würde ich tun, in ein Wasser zu steigen, ohne zu wissen, wie ich hinterher wieder raus käme - als alter Mann vielleicht oder schlimmer noch, halb Mensch, halb Getier. Hinter mir schlief die teuerste aller Prinzessinnen und ich konnte mich durch diese Dinge beim besten Willen nicht ablenken lassen. Meine Aufgabe war es, dieses zierliche Geschöpf vor allen Gefahren zu schützen und nach Hause zu geleiten, koste es, was es wolle. Der Schweiß rann mir in den Nacken. Ich heizte den Pferden ein. „Nicht so schnell! Nicht so schnell!" hörte ich die Prinzessin und meinen Begleiter rufen. Was sollte ich denn anderes tun? Die Eichen am Wegesrand streckten ihre Klauen nach uns aus, sie schwankten, als wollten sie sich am eigenen Schopfe aus dem Boden reißen. Eines dieser Ungeheuer taumelte zu Boden, drehte sich noch im Fallen, um seine schreckliche Fratze zu zeigen und ließ sich mit einem lauten Krachen quer über den Weg nieder. Die Pferde scheuten, sie rissen ihre Körper in die Höhe, ihre Mähnen wirbelten wild; in ihren - und in meinen Augen - flackerte das blanke Entsetzen.

Ich wurde aus dem Hochsitz geworfen. Ich stolperte ins Gras und plötzlich lag ich still und sah in den Himmel und davor schob sich der Kopf meiner Prinzessin und sie strich mir besorgt über die Stirn und der Begleiter erschien und goß Wasser aus einer Flasche über mein Gesicht. Ich richtete mich auf: Die Ente hing zerknautscht an einem Wegweiserpfosten an dem *Rotes Luch* stand und ihr Gesicht wirkte so traurig und entstellt, daß es mir in der Seele leid tat.

Sie schleppten mich auf die Rückbank zum Kater, Lisa setzte sich an das Steuer. Richtig, sollten sie doch einen Weg aus diesem Schlamassel finden. Moritz lag neben mir und putzte abwechselnd sein Fell und meine Schläfe. Durch das Fenster sah ich die Baumkronen vorüberziehen, sie wirkten jetzt gar nicht mehr furchteinflößend, eher friedlich, als streichelten sie das Dach unseres Gefährts, denn es war ja Frühling und das Grün ihrer Blätter war leicht und zart.

An einem Sonntag im Mai, es war der erste, wurden wir durch laute Musik geweckt, die von der Straße kam. Als wir auf den Balkon traten, sahen wir auf vielleicht dreitausend Menschen, die sich in unserer Straße sammelten. Einzelne Grüppchen bildeten sich vor Hauseingängen, auf Rasenflächen und überall streunten Hunde, die sich gegenseitig am Hintern beschnupperten und bekläfften. Auf einem Kasten-Lkw waren große Lautsprecher festgeschnallt. Der Beifahrer drehte die Musik leiser und sprach durch ein weißes Mikrofon, doch man hörte nur ein paar Satzfetzen, weil der Schall sich an den Hauswänden brach. Auf den Transparenten waren die Köpfe von Revolutionshelden abgebildet, daneben las man Aufforderungen, das *System* zu zerschlagen. Vor unserem Haus, direkt vor unserer Nase also, war eine Revolution ausgebrochen. Und wir lehnten am Balkongeländer, blinzelten mit den Augen und schlürften Kaffee aus faustgroßen Tassen, auf denen Sprüche zu lesen waren.

Unter uns versuchten Autobesitzer ihre Wagen durch die Menge in sichere Nebenstraßen zu bringen. Sie hupten nervös und schoben sich zentimeterweise durch die Menge, aus der unter lautem Grölen sich Hände streckten, die auf das Dach schlugen oder den Wagen zum Schaukeln zu bringen versuchten. Die Ladenbesitzer hatten ihre Schaufenster mit dicken Dielenbrettern vernagelt. Nur vor der Tür des vietnamesischen Spätverkaufs staute sich eine Menschentraube, die nur widerwillig den Austretenden nachgeben wollte. Paul und ich beschlossen, uns durch das Gedränge zu wagen, um frische Brötchen zu holen. Vielleicht würden wir auch eine Zeitung finden, in der steht was hier los ist, und Mangosaft, den wir zum Frühstück gern mit Joghurt mischten.

Im Hinterhof pißten ein paar Punks Buchstaben an die

Hauswand und zwischen den Blumenrabatten lag ein Bewußtloser oder Toter. Vor dem Hauseingang bekeiften sich zwei Frauen und irgendjemand aus unserem Haus schüttete Wasser vom Balkon, das in einem dicken Schwall auf den Köpfen und dem Pflaster aufschlug. Wir beschlossen, uns in Richtung Spätverkauf zu drängeln.

Die Masse setzte sich in Bewegung. Wir hatten keine Chance. Ein Mann mit wirrem Haar kletterte auf das Dach eines Lkws, riß sich das Hemd vom Leibe und breitete die Arme aus. Er schrie: „Nieder mit dem Imperialismus. Tod dem Faschismus." Er setzte eine amerikanische Flagge mit einem Zippo-Feuerzeug in Brand und schwenkte sie über den Köpfen hin und her, brennende Fetzen lösten sich und flogen Feuervögeln gleich in die Menge. Panik brach aus, Mädchen kreischten. Sogleich spürte man die Druckwelle der Flüchtenden, die vom Schub der hinter uns Kommenden aufgefangen wurde. Ich begann zu schwitzen. Ellenbogen drückten in den Oberleib, Füße stießen gegen die Fersen, vor uns kam der Zug zum Stehen, hinter uns drückte die Masse der Nachkommenden. Wenn du hier fällst, hilft dir niemand, dachte ich. Über uns regnete es Flugblätter, auf denen geballte Fäuste abgebildet waren. Die Menge tobte, sie zeterte und schrie.

Jemand stand auf meinem Schnürsenkel und als sich der Zug in Bewegung setzte, stolperte ich. Plötzlich befand ich mich in einer Traube eingeschlossen, die mich bald nach links, bald nach rechts trieb. Den Gesichtern um mich herum war anzusehen, daß sie sich die Situation genauso wenig erklären konnten wie ich. Vielleicht war es nur ein kleiner Strudel, ausgelöst durch ein Stolpern oder Tanzen. Ich fand mich unter einem Transparent wieder. Paul hatte ich verloren und um mich herum blickte ich in Frauengesichter. Sie sahen mich finster an, ich hörte, daß sie etwas wie *Schwanz ab, Schwanz ab!* skandierten. Jemand zischte: „Verpiss' dich. Das ist der Frauenblock." Bevor ich begriff, was das ist, ein Frauenblock, bekam ich einen Schlag auf dem Kopf, dann verlor ich kurz die Orientierung und kreiselte um meine eigene Achse. Ein Fotograf machte Aufnahmen, wie ich dastand und nun nicht wußte wohin mit mir. Hinter ihm entdeckte ich, Schulter an Schulter stehend, die Polizei in ihren Monturen. Auf dem Bürgersteig parkten die Einsatzwagen. Vor ihren Fenstern waren Zaunfelder montiert, dahinter sah ich den zierlichen Kopf einer Polizistin, der auf einem schweren Panzer saß. Neben ihr biß einer ihrer Kollegen in einen Döner, ein anderer rauchte und starrte mich an.

Der Zug kam wieder zum Stehen. Vorne empörte sich die Menge, ein paar Trillerpfeifen waren zu hören. Plötzlich brüllte jemand in meiner Nähe durch ein Megafon. Das war so laut, daß mir schwindlig wurde und ich mir die flachen Hände auf die Ohren legen mußte. Steine flogen vereinzelt über unsere Köpfe. *Scheiß Bullen. Terrorstaat. Mörder und Faschisten.* Neben mir begann sich der ein oder andere eine Mütze über den Kopf zu streifen, die nur einen Schlitz zum Sehen offen ließen. Einige klaubten mit Schraubenziehern Pflastersteine aus der Straße. Die Ereignisse begannen sich zu überschlagen. Die Menge löste sich auf, jemand holte Flaschen mit Baumwolltüchern im Hals aus einer Mülltonne hervor und reichte sie an andere weiter. Der nächste schrie *Rock'n'Roll* und zerstieß eine Schaufensterscheibe mit einer Metallstange, die er von einem Baugerüst gerissen hatte. Die Alarmsirene übertönte die aufgebrachten Rufe von der Straße, wo sich die vereinzelten Steinwürfe jetzt zu einem regelrechten Steinhagel verdichtet hatten, der auf die Plexiglasschilde der Polizei knatterte. Ein Wasserstrahl schoß in die Menge und brachte diese zu Fall. Innerhalb weniger Sekunden stand das Pflaster unter Wasser. Hinter mir lagen Bauwagen umgestoßen auf der Straße, sie brannten, und die Flammen schlugen bis zum dritten Stockwerk. Ein Rentner diskutierte mit zwei Demonstrations-ordnern über Stalin, man wollte mir Aufnäher, Bücher und ein Abonnement des *Straßenkämpfers* verkaufen. Eine aufgebrachte Frau rannte über die Straße; die Hände an den Schläfen rief sie: „Sie schießen auf uns, oh mein Gott, sie werden auf uns schießen." In meiner Nase kribbelte es wie in einem Ameisenhaufen, ich mußte niesen, Tränen standen mir in den Augen, die ich gar nicht mehr zu öffnen wagte.

Ich rettet mich in eine Richtung, in der ich einen Hauseingang vermutete, fand mich aber vor einem Laden wieder, aus dem einige mit Computern unter dem Arm durch das Loch in der Fensterscheibe heraussprangen. Die Einsatzkräfte standen Schulter an Schulter in einem Halbkreis, der sich bedrohlich auf uns zu bewegte. Ich stürzte an der Hauswand entlang bis zu einem Eingang, rettete mich in eine

Durchfahrt, rannte durch den Hinterhof, wobei ich mir an einer Teppichklopfstange eine furchtbare Beule holte. Ich kletterte über eine Mauer und sprang über Zäune, ohne einen Blick hinter mich zu werfen. Ich hörte Schritte und Keuchen und hoffte, nicht das Ziel einer Festnahme zu sein. Ich hatte doch nichts geplündert. Ich wollte doch nur Brötchen holen. Durch eine Einfahrt gelangte ich in eine Nebenstraße. Das Licht blendete, das Kribbeln in der Nase begann erneut und ich befühlte meine Beule. Aber ich hatte sie abgehängt. Blinzelnd und unschuldig kroch ich wie ein Lämmchen aus dem Stall.

Zu Hause kochte Lisa einen Tee für uns und Paul hatte Brötchen und Mangosaft aufgetrieben. Die Revolution war ein paar Blöcke weiter gezogen und ich kühlte meinen Kopf mit einem kalten Lappen. Unsere Straße hatte sich beruhigt, nur in der Ferne hörte man noch die Wogen der Empörung, Polizeisirenen und das Knattern eines Hubschraubers.

Am Abend verfolgten wir auf dem Bildschirm unseres alten Junost-Apparats die Berichterstattung. Die Revolution war gescheitert. Barrikaden wurden von Räumfahrzeugen geschoben, Brände gelöscht, der Innenminister äußerte sich, Lisa entdeckte Paul und mich in einem Close-Up in der Menge. In Mittelasien gab es ein mittleres Erdbeben, zwei Staatspräsidenten schüttelten sich die Hände, ein spanischer Leichtathlet hatte einen neuen Weltrekord im Gehen aufgestellt und morgen würde es regnen.

Das Haus, in dem wir lebten, war vierstöckig und noch immer standen die Wohnungen im Parterre leer. Die Geräusche waren mir vertraut. Ich lauschte dem Kommen und Gehen der Nachbarn, den Schließgeräuschen an den Briefkästen, dem Rauschen in den Wasserleitungen, dem Kehrbesen des Schornsteinfegers, der in den Schacht hinunterstürzte und dumpf aufschlug. Ich glaubte an den Schritten hören zu können, wer kam und wer ging, ob er etwas Schweres trug oder noch einmal nach oben hastete, weil er etwas vergessen hatte. Pauls Art die Treppe zu nehmen, war schnoddrig, seine Sohlen schlurften, Lisas Schritte dagegen waren leicht, ich wußte, daß sie stets nur den halben Fuß auf die Stufe setzte. Ich traute mich nicht, Paul zu fragen, ob er meine Art die Treppe zu nehmen kannte. Vielleicht hätte er mich nicht verstanden. Ich glaube, ich wußte mehr von Paul als er von mir. Lisa wußte mehr über mich, als ich über sie, dafür tat Paul so, als wüßte er alles über mich und Lisa. Wie so viele erwachsene Menschen glaubte er alles durchschauen zu können, wenn er nur wollte.

Immer wenn wir kein Geld hatten, passierten Dinge wie diese: In der Küche lag ein Fußball und das Fensterglas war zerschlagen. Paul durchschaute die Situation sofort: Er sagte, das wäre ein Junge gewesen, der auf dem Hof gespielt hätte.

Ein Junge also. Als ob ein Junge auf unserem Hinterhof Fußball spielen würde. Ich habe diesen Jungen niemals gesehen. Das sagte ich Paul, sagte ihm auch, daß dieser Ball aus dem Stadion stammte, daß ein wütender Torwart ihn nach einem Kopfballtreffer über die Dächer der Stadt geschlagen hatte, bis in unseren Hinterhof, in das Fenster unserer Küche. Lisa fragte, ob ich vielleicht auf dem Ball gesessen hätte. Da war ich wieder der Spinner, der Lügenbold und Geschichtenerzähler, dem man nicht trauen konnte.

Die Scheibe war ein Fall für den Hausmeister. Den wir erst

einmal zu Gesicht bekommen hatten. Von dem wir wußten, daß er trank, auch am Tage.

„Wir sollten...", sagte Paul.

„Wir sollten das Glas...", unterbrach ich, „das Glas sollten wir ... aus dem Rahmen... verstehst Du? Bevor sich jemand schneidet. Und dann eine neue Scheibe... "

„Aber eine neue Scheibe", fiel Paul ins Wort, „ist zu teuer."

„Wir könnten etwas verkaufen", warf ich ein.

„Wir haben doch nichts."

„Wir könnten die Scheinwerfer verkaufen."

„Nicht die Scheinwerfer", sagte Paul.

Nein. Nicht die Scheinwerfer. Wir setzten uns auf die Fensterbank und ließen unsere Beine baumeln.

„Wir brauchen keine neue Fensterscheibe", sagte Paul.

„Weil Sommer ist?"

Paul reichte mir ein Blatt Papier. Zwei Wochen hätten wir Zeit, unsere Wohnung zu räumen. Unser Haus sollte von einem Gerüst umstellt und einer Instandsetzung unterzogen werden.

„Kein Aufschub?" fragte ich.

„Kein Aufschub!" antwortete Paul.

Wir schwiegen und rauchten. Was hätten wir uns auch sagen sollen?

Am nächsten Tag begannen wir unsere Sachen zu packen. Es waren nicht sehr viele Dinge. Wir teilten gerecht: Moritz blieb bei uns, den Schrank nahm Paul und das Scheinwerferpaar wurde getrennt. Lisa und ich fanden eine Bleibe am anderen Ende der Stadt, in der Nähe des Stadions. Paul tauchte bei einem Freund unter.

Die neue Wohnung hat ein Bad, eine Heizung, sogar Deckenlampen. Manchmal sitze ich auf dem Fensterbrett und spucke den Leuten auf den Hut. Es ist nicht mehr dasselbe. Der Scheinwerfer steht unbenutzt in der Küche. Seine Abblendklappen bleiben geschlossen und dieser Anblick ist unendlich traurig für mich.

Technoworld

von Sebastian Sonnenstrahl

Es gibt ja einige düstere Zukunftsvisionen, die besagen, daß die Computer einmal über die Menschheit regieren werden. Schrecken und Elend breiten sich aus und wir armen Menschen werden unter den widrigsten Umständen um unser Vorrecht kämpfen müssen. Das klingt alles furchtbar grausam!

Ich allerdings denke, es wird anders. Das wird eine schreckliche Zukunft, ja sicher, aber nicht in dem Sinne, daß höhere Wesen uns niedrig halten und uns gnadenlos herumdiktieren, sondern einfach schrecklich, im Sinne von schrecklich nervig. Was soll denn das nur werden? Die Dinger sind ja jetzt schon kaum auszuhalten. Stelle man sich mal eine Welt vor, in der Computer plötzlich Mitmenschen sind!

Meine Fresse, das wird eine Welt, komplett gefüllt mit kleinen wimmernden Hosenscheißern, Mimosen und Weicheiern. Die Dinger können doch keinen Tag, ohne einmal rumzumucken. Das geht doch schon beim Papierstau los.

Da hocken die Dinger neben unseren Kindern im Klassenraum und heulen: „Tut mir leid, Frau Lehrerin, ich kann das Diktat nicht mitschreiben, ich habe Papierstau!" So´n Dreck! Die armen Mitschüler können diesem verblödeten Elektroschrott dann nicht mal ´ne zünftige Klassenkeile verpassen, weil den Dingern bei der kleinsten Berührung ja gleich die Floppy aus dem Gehäuse schlackert.

Im Büro hat man Computerkollegen. Ui, prima! Die sind dann ständig nicht da, weil sie Fehler 2 haben, ein Treiber fehlt oder ein System ungültig ist.

Mit denen kann man ja dann nicht mal ´nen bißchen Spaß haben! Wenn man denen was in´n Kaffe kippt, brennt denen vielleicht gleich ´ne Platine durch und die fangen an, kleine Hunde zu fressen.

Aber es wird noch schlimmer! Die Computer werden auch ein Privatleben besitzen. Die werden abends weggehen und überall da sein, wo wir Menschen uns mal wohlgefühlt haben. Sie werden in Diskos gehen. Das muß man sich mal vorstellen, ein Computer auf der Tanzfläche neben einem! Der hottet ab, und unsereins kriegt ständig die Maus in die Fresse.

Und in Bars werden die rumhocken, sie werden sich ihre

schäbigen kleinen Computerwitze erzählen „Kommt ´ne Systemplatine zum Wartungsdienst", Computerchips fressen und mit ihren Lüftern die ganze schlechte Luft zu uns rüberpusten. Und wenn man dann mal eine Braut kennenlernt, die vielleicht umwerfend ist, aber ´n Computer, na, dann gehen die Probleme doch erst los.

Man stelle sich nur mal den Besuch bei Schwiegereltern vor, bei Papa und Mama Computer! Beim Kaffeetrinken sagt dann Mama Computer:

„Ich werde nun mehrere Kuchen zur Auswahl stellen. Wird der Kuchen genannt, den Sie haben möchten, sagen Sie bitte *Stop*.

Wollen Sie Himbeerkuchen?... Erdbeerkuchen?... Bananenkuchen?... Schokokuchen?..."

„Stop!"

„Ich habe Sie nicht verstanden! Ich wiederhole noch einmal! Wollen Sie Himbeerkuchen?... Erdbeerkuchen?... Bananenkuchen?... Schokokuchen?..."

„Stop!"

„Ich habe Sie nicht verstanden! Bitte versuchen Sie es zu einem späteren Zeitpunkt noch einmal! Auf Wiedersehen"

Ja und vor allem, worüber soll man sich denn da unterhalten? Wie ihr Onkel Xerox und ihre Tante Trigidon3 beim letzten Jahrtausendwechsel die Vollklatsche gekriegt haben und sich jetzt für Passionsfrüchte halten? Wie soll ich denn damit umgehen?

Ich habe diesen Fall noch nicht erlebt, daß ein Kumpel von mir auf einer Sylvesterparty tot umfiel, nur weil der versucht hat, 1.1. 2000 auszusprechen!

Und dann natürlich der Sex, klar, das wird es auch geben. Sex mit einem Computer. Gibt es was dämlicheres? Man wird sich so richtig schön hochschaukeln und sie wird sagen:„Oh, mon amour, oh Liebling, oh mein Engengengengeng..."

„Scheiße!" wird man dann nur wieder brüllen können. Und dann steht man sauer und in Socken irgendwo in ´nem halbdunklen Schlafzimmer und fischt nach ihrem dämlichen Resetknopf.

Das will man doch nicht! Man will nicht mit jemanden eine Beziehung haben, der heut´ Abend keine Lust hat, weil der USB-Anschluss juckt, man möchte nicht neben jemanden schlafen, dessen Festplatten nachts plötzlich anfangen zu rumpeln, weil sie Daten verwalten und man will vor allem nicht mit jemanden zusammensein, der morgens anfängt zu Piepen, weil sich eben mal irgendwas im Bios verstellt hat.

Ich persönlich freue mich jedenfalls darauf, einmal ein sabberndes Stück Fleisch zu werden, das im Altersheim vermodert und sich über aufgequollene Kekse freut. Denn wenn diese Zukunft über uns hinwegrollt, möchte ich nicht mehr bei vollem Bewußtsein sein.

Geschichtenschreiber

von K.Lypse

Ziemlich häufig habe ich in letzter Zeit in mich geschaut und versucht herauszufinden, ob ich auch wirklich ein Geschichtenschreiber bin.

Jeder kommt irgendwann an diesen Punkt, an dem er sich fragt, wer oder was er wirklich ist, was seine Aufgabe ausmacht, womit er glücklich wäre, was ihn all die Sinnlosigkeiten um ihn herum ertragen läßt – wir kennen das. Manche finden die Antwort und beginnen dann erst recht regelmäßig zu saufen, andere finden sie nie und verfallen ebenfalls der Kompensation. Das hat allerdings weniger mit der Tatsache zu tun, daß sich im Grunde alle Menschen sehr ähnlich sind, als mit dem nicht zu leugnenden Anteil Dummheit in jedwedem Homo Sapiens, der sich lediglich auf unterschiedliche Art und Weise äußert.

Ich kam in meinem Gedankenharakiri nicht umhin, mir die Frage zu stellen, ob ich in Wirklichkeit nur zu faul für den Bau bin und mich deshalb an meine mutmaßliche Feststellung eines latenten Talentes für das Schreiben klammerte. Einige mir bekannte Autoren nickten weise, als ich ihnen diesen Gedankenansatz unterbreitete und hoben bedeutungsschwer ihren schwieligen und von körperlicher Arbeit verbogenen Zeigefinger. Das Los der brotlosen Kunst ist kein leichtes, aber man gewöhnt sich daran und sieht immer nach den Kollegen, denen es schlechter geht: Auf ihrem Bankkonto oder in ihrem Kopf. Schreiben heißt, sich selbst zu lesen. – Was für eine aufdringliche und pseudophilosophische Möchtegerntheorie eines ganz offensichtlich alles andere als frischen Max Frisch. Wenn ich es sein soll, den ich da zwischen den Zeilen meines verbalen Auswurfes nach Luft schnappen sehe, kommt mir der Geruch von Schutt und Männerschweiß doch gleich wieder ein bißchen vertrauter vor. Oder grinsen uns aus den Mörtelsäcken und dem Betonmischer auch unsere Abgründe an, wenn wir eben mal kurz vor Mittag das zwölfte Fundament ausgegossen haben?

Wofür halten wir uns denn bitte sehr? Wir, die Geschichten- und Gerüchteschreiber des Jahres 2001. Für die Nachhut einer geschlagenen Armee, deren Macht auf klugen Sprüchen und

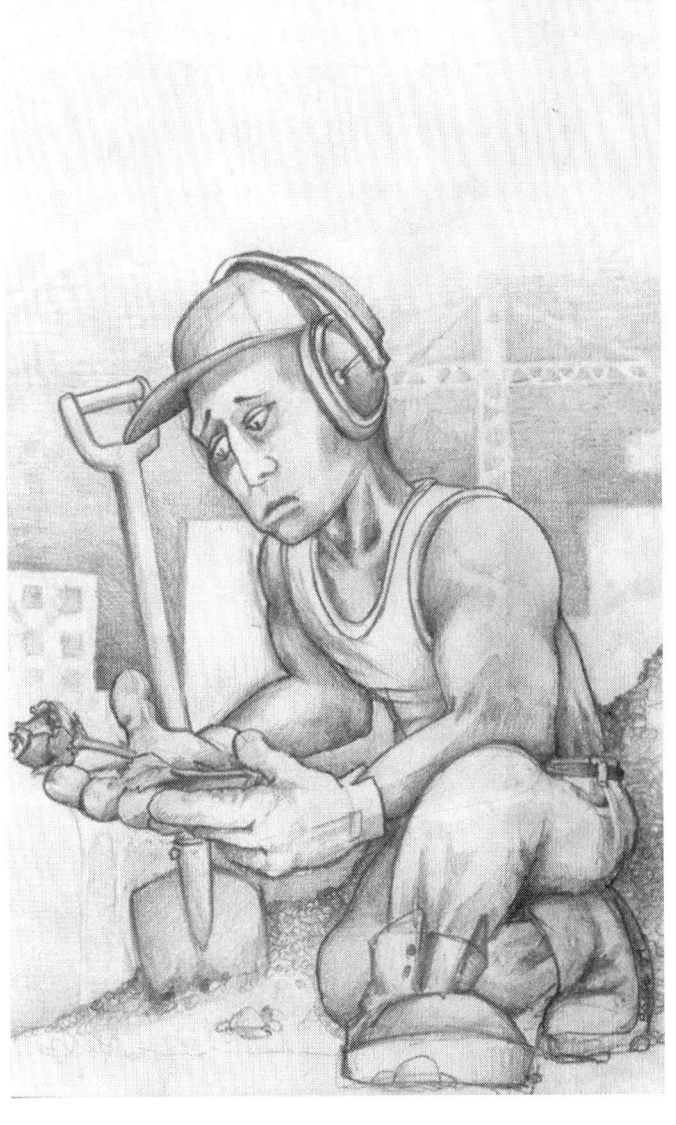

dem Hang zur chronischen Profilneurose basiert? Meine Freundin jedenfalls sagt manchmal, sie sei der Meinung, ich könnte statt meiner Notizheftchen eher eine Kotztüte gebrauchen.

Vielleicht hat sie recht. Wer sich selbst nicht riechen kann, sollte eigentlich die Finger von einem Hobby lassen, das diesen Tatbestand bündelt und – in welcher vertrackten Kunstform auch immer – eine Öffentlichkeit findet, die sich für die Meinung fremder, aber kreativer Menschen begeistert und in ihr die auf Leinwand gefurzte, ins Mikrophon gerülpste, oder aufs Papier gekotzte Antwort aller unbeantwortbaren Fragen findet (und auch noch bereit ist, dafür zu zahlen).

Kompliziert?

Ich sag Ihnen, was ich wirklich kompliziert finde: Zu denken, man sei ein Geschichtenschreiber mit Neigung zu körperlicher und stupider Arbeit, und ist in Wirklichkeit ein Proll, der sich Gedanken um Dinge macht, die weit über sein geistiges Fassungsvermögen hinausgehen.

Oder?

Der Mann, der mein Leben lebt

von Lars

And I wish him luck
I hope he gets it right
As he lives my life

And if you see him
Tell him I'll be him
As I live his life

He lives my live, The Go-Betweens

Der Mann, der jetzt mein Leben lebt, sieht nicht besonders gut aus. Aber das tue ich auch nicht. Um ehrlich zu sein, sieht er mir sogar ziemlich ähnlich. Anders ist es wohl auch nicht zu erklären, warum meine Frau ihn zu sich herein gelassen hat und ihn an meiner Stelle akzeptiert.

Als ich letzten Dienstag von der Arbeit nach Hause kam, sah ich mich bereits vor der Haustür stehen und klingeln. Es war, als wäre in dem Film, der mein Leben ist, nur ich angehalten worden. Als hätte man mich auf seltsame Weise verdoppelt und aus meiner Hauptrolle gelöst. Der Film lief weiter und hatte ein paar Sekunden Vorsprung. Ein Vorsprung, den sich der Fremde zunutze machte und mich zum Zuschauer meines Lebens degradierte.

Meine Frau kam aus der Tür und gab dem fremden Mann einen Kuß. Das traf mich hart. Ich kann ihr natürlich keinen Vorwurf machen. Ich hätte mich auch verwechselt. Nahezu alle Details stimmten. Der Fremde hatte sogar den gleichen Anzug an, mit dem ich morgens aus dem Haus gegangen war. Der Anzug, den ich mir zur Konfirmation meiner ältesten Tochter gekauft hatte und den ich nur noch selten trage, da er eher die unsportlichen Seiten meiner Figur betont.

Wäre ich mir heute nicht sicher, daß ich trotzdem noch ich bin, wäre ich wahrscheinlich verrückt geworden. So sitze ich in einem Hotelzimmer, trinke und überdenke meine Perspektiven.

Als meine Frau diesen fremden Mann das erste Mal küßte, verschwand ich schnell hinter der alten Kastanie, die vor unserem Haus steht. Ich kann mir diese Reaktion bis jetzt nicht erklären. Aber man muß mir zu Gute halten, daß es sich auch für mich um eine wirklich überraschende Situation handelte.

Sicher hätte ich nach der ersten Schrecksekunde hervortreten und meine Frau mit mir konfrontieren können. Ich bin mir sicher, daß ich sie von meiner Echtheit überzeugt hätte. Ich weiß nicht, wie gut der andere sich auf meine Rolle vorbereitet hat, aber mir wären sicherlich ein paar intime Details eingefallen, die das Spiel schnell entschieden hätten. Klarer Sieg nach Punkten.

Der Grund, warum ich mein Kinn so bereitwillig diesem Schlag entgegen reckte, war das allumfassende Freiheitsgefühl, das mich plötzlich durchfuhr.

Jemand war gerade dabei, alle meine Pflichten zu übernehmen, mich aus allen Zwängen zu befreien, durch die ich mich seit Jahren gefesselt fühlte. Die Marionettefäden waren zerschnitten und ohne Halt fiel ich auf den harten Boden eines neuen Lebens. Ein Leben, das mich in diesem Augenblick so sehr reizte, daß ich mich schnell entfernte.

Wenn ich jetzt darüber nachdenke, kommt es mir vor, als wäre es Wochen her. Ein Gefühl, das mich bisher jedes Jahr im Sommer nach der ersten Woche unseres gemeinsamen Urlaubs befiel. Die Eindrücke der ersten Tage in der Fremde wiegen Wochen.

Jetzt ist Winter und ich starre auf den grauen Samt, der sich von innen gegen die Mattscheibe meines Hotelfernsehers schmiegt, und schwenke gedankenverloren das Glas in meiner Hand. Ein Druck auf die Fernbedienung und grelle bunte Punkte würden durch den Samt schießen und so lange nur Punkte sein, bis ich aus meinen Gedanken auftauche, ein Wimpernschlag meine starren Augen wieder in die Gegenwart holt. Fremde Leben auf der Mattscheibe – meins ist mir schon unerklärlich genug. Ich lasse den Fernseher aus und gehe auf die Toilette. Im Waschbecken liegt immer noch diese Eisenstange.

Ich ging weg, noch bevor meine Frau mit dem fremden Mann im Haus verschwunden war. Ich weiß nicht woher ich diese Zielstrebigkeit nahm, aber mir war klar, wohin ich mußte.

Ich ging zu diesem Café, an dem ich in den Jahren, seitdem wir hier wohnen, immer nur vorbei gegangen war. Ich setzte mich allein an einen Tisch, saß zwischen den jungen Leuten, deren Anblick mich in den letzten Monaten so sehnsüchtig gemacht hatte. Ich wartete darauf, daß ihre Lebendigkeit auf mich abfärbte.

Mir war bewußt, daß ich mich mit meinem guten, schlecht sitzenden Anzug von dem Rest abhob. Wenn es aber nach meinen Gefühlen ging, war ich einer von ihnen.

Ich spürte es genau. Gerade erst hatte ich als bester des Jahrgangs meine Ausbildung beendet. Aber das war mir egal, Versicherungskaufmann konnte ich nicht bleiben. Ich wollte ein intensives Leben.

Jetzt überlegte ich, wo ich beginnen sollte, Verpaßtes aufzuholen, welchen unterdrückten Wunsch ich mir erfüllen konnte.

Ich verließ das Café und kaufte ein Buch. Glücklich setzte ich mich kurze Zeit später zurück an meinen Tisch, ließ mich in mich fallen und las, solange meine Augen mitspielten. Die Welt war das Buch auf meinem Schoß. Als ich nicht mehr lesen konnte, ging ich ins Kino, und eine neue Welt spannte sich über die Leinwand. Danach suchte ich mir eine Bar. Eigentlich hätte ich gerne jemanden zum Reden gehabt, aber ich wußte nicht mehr, wie man das macht – jemanden kennenlernen. Ich dachte nach.

Es waren ähnliche Gedanken, wie ich sie auch jetzt habe, während ich auf diesen leeren Fernseher starre. Ich denke an meine Familie. Ich habe mich leise aus ihrem Leben gestohlen. Aus welchem Grund? Ich war nicht wirklich unglücklich. Im Gegenteil, ich liebe meine Frau. Zwar nicht mehr so wie am ersten Tag, nicht mehr so wie in den ersten Monaten, Liebe verändert sich. Ich würde nicht sagen, daß ich sie weniger liebe, nur anders. Und meine Kinder? Ich lächele versonnen. Sie sind der wichtigste Teil von mir.

Ich war nicht mal unzufrieden mit meinem Beruf, obwohl ich wegen der Geburt von Leena doch nicht mehr studiert hatte und Versicherungsverkäufer blieb. Ich hatte kein schweres Leben, es war eher zu leicht.

Für weitere Gedanken ist das Hotelzimmer zu klein. Ich mache das Fenster auf und atme durch. Doch so tief ich auch atme, die kalte Nachtluft kann das Loch in mir nicht füllen. Ich stecke mir eine Zigarette an.

Als ich letzten Dienstag – nein es war schon Mittwoch - in der Bar bezahlen wollte, merkte ich, daß ich nur noch ein paar Scheine im Portemonnaie hatte. Das war genau der Moment, in dem ich mir das erste Mal Gedanken um das Geld machte, die ganz pragmatischen Dinge meiner neuen Zukunft. Irgendwo zwischen Magen und Lunge stellte sich dieses Angstgefühl ein. Diese leise drückende Angst, die man nicht nur denkt, sondern fühlt. Gefühl – das Wort hat seinen Namen verdient. Jede Emotion hat eine Stelle im Körper, an der man sie spüren kann. Diese Sorte Angst öffnet eine kleine Falltür im Zwerchfell. Der rutschige Weg für das Herz in Richtung Hose ist frei.

Ich kenne diese Angst. Sie war für einige Wochen in meinen Körper eingezogen, als ich meinen ersten Job verlor. Unser Haus war gerade fertig geworden, und es dauerte etwas, bis ich wieder Arbeit fand.

Ich bezahlte schnell und verließ die Bar, um den nächsten Geldautomaten aufzusuchen. Mit fliegenden Händen gab ich die Geheimnummer ein und wartete. Der Rechner brauchte länger als üblich, und mein Herz schien nach einem letzte heftigen Schlag, den ich an meinen Rippen spüren konnte, auszusetzen. Dann erschien die Anzeige, bei der man den Betrag auswählen kann. Ich atmete auf und wählte den Höchstbetrag. Daß ich mein Herz nicht mehr spürte, war jetzt ein gutes Zeichen. Dann forderte mich die Maschine auf, mich an meinen Kundenberater zu wenden, meine Karte würde sie behalten.

Kennen Sie das Gefühl, wenn einem alles egal wird? Ich fühle es im Kopf, an der Stelle, an der sich kurz zuvor noch ein Gehirn befunden hat. Jetzt ist es weg, durch den Rachen gekrochen und verschluckt, verdaut und ausgeschieden. Es teilt sich den Platz mit dem Herz, das immer noch ängstlich auf dem Hosenboden puckert. Was bleibt, ist dumpfe Leere. So fühle ich mich noch jetzt in diesem Hotelzimmer. Mit dem Fernseher könnte ich die Leere mit Leere füllen. Doch ich will nachdenken.

Noch in derselben Nacht suchte ich mir ein Bett in diesem Hotel. Es ist eins dieser Vorstadthotels, die nur Einzelzimmer haben, da nur Außendienstmitarbeiter für eine Nacht bleiben. Dafür reichte mein Geld noch.

Am nächsten Morgen ging ich zu meiner Bank. Ja, meine Frau hätte gestern nachmittag angerufen und meine Karte und alle Konten sperren lassen. Wenn sich mein Porte-monnaie jetzt wieder angefunden hätte, könne sie alles wieder entsperren, sagte die Angestellte mit nachsichtigem Lächeln. Ich winkte ab.

Bis dahin war ich mir nicht bewußt, wie umfassend mein Gegenspieler die Sache angegangen war. Kurze Zeit später stellte ich mich unauffällig vor den Büroturm, in dem ich fast 11 Jahren gearbeitet hatte, und sah mir zu, wie ich pünktlich zur Arbeit kam. Jetzt hatte ich Zeit und Ruhe, mich noch einmal zu betrachten. Es war wie im Spiegelkabinett, in dem man sich selbst plötzlich aus einer unerwarteten Richtung begegnet. Mir wurde schwindelig. Der andere schien es ernst zu meinen. Warum?

Diese Frage habe ich mir seitdem immer wieder gestellt. Was war so toll an meinem Leben, daß sich jemand anders die Mühe machte, meinen Platz einzunehmen, mich aus meinem Leben zu drängen?

In den letzten Jahren war nichts passiert. Es ging uns gut, jeder würde uns das perfekte Leben bescheinigen. Alle Tage perfekt, alle Tage gleich. Die Höhepunkte, die wir uns schufen, um für die nötige Abwechslung zu sorgen, waren eigentlich keine mehr. Nur noch Wiederholungen vorangegangener Höhepunkte. Selbst wenn wir uns stritten, waren es nur die Wiederholungen derselben festgefahrenen Streits, die wir immer gehabt hatten.

Ich will niemandem die Schuld zuweisen. Wenn, dann am ehesten mir. Als Anja schwanger wurde, habe ich den Plan mit dem Studium verworfen. Ich wollte uns dieselbe Sicherheit ermöglichen, die auch ich in meiner Kindheit genossen hatte. Und jeden Abend, wenn ich Leena ins Bett brachte, ich sie auf Armen trug und sie mich umarmte, da wußte ich, daß ich es richtig gemacht hatte. Auch als später Lindjan zur Welt kam, hat sich daran nichts geändert.

Nichts hat sich geändert. Mein Leben glich dem einer

altertümlich Achse, die sich tagein tagaus auf derselben Stelle dreht, sich immer tiefer in das Sandsteinlager schleift.

An den meisten Tagen war mir das egal. Doch irgendwo in meinem Herzen war noch die Sehnsucht nach dem intensiven Leben, das ich mir mit Anfang zwanzig ausgemalt hatte. Ich dachte nicht oft daran. Nur hin und wieder spürte ich ein Ziehen in der Herzgegend. Vielleicht ist unerfüllte Sehnsucht das größte Infarktrisiko.

Was ist also so beneidenswert an diesem Leben? So beneidenswert, daß jemand seine ganze Energie in einen Plan steckt, um in dieses Leben einzutreten und sein eigenes aufzugeben? Ich jedenfalls bedanke mich bei Gott - oder wem immer man dafür danken muß - für diese Chance. Eine Achse ist aus dem Lager gesprungen, sie trägt Schleifspuren davon, sie rollt frei.

Ich fing an, Pläne zu schmieden. Das Geld war ein kleineres Problem, als ich anfangs dachte. Irgendwann während meines Berufslebens hatte ich angefangen, für das Alter zu sparen. Das war für mich keine große Entscheidung. Ich hatte Anja nichts davon erzählt. Das Geld ging jeden Monat so automatisch direkt von meinem Gehalt ab, daß ich es selbst schon vergessen hatte. Ein kurzer Anruf am Mittwoch Nachmittag hatte klar gemacht, daß das Geld noch da war und ich es mir auszahlen lassen konnte. Es war nicht viel, aber es würde erst mal reichen.

Ich mußte grinsen, als ich das erfuhr und trat zufrieden an das Hotelfenster, um meinen Blick über die Stadt schweifen zu lassen. Der andere war also auch nicht perfekt. Ein wichtiges Detail war ihm entgangen. Ich war so stolz, als hätte ich das alles geplant.

Langsam fing ich an, mich mit meinem neuen Leben anzufreunden. Meine Brust war frei, mein Herz schlug wild. Ich genoß die Freiheit, gab jeder meiner Launen nach und tat nur, wozu ich in den einzelnen Augenblicken Lust verspürte. Ich verbrachte ein paar glückliche Tage, solange bis ein Gedanke Einzug in meinen Kopf hielt: Wie konnte sich der andere so sicher gewesen sein, daß ich so schnell aufgeben würde? Dieser Gedanke fing an, mich zu quälen. Er lief Kreise. Erst große Runden, so daß er nur hin und wieder vorbei kam, später kleine Ellipsen.

Jetzt stehe ich an meinem Hotelfenster und die Gedanken laufen so kleine Kreise, wie der Whisky, den ich in dem Glas schwenke. Ich habe nicht versucht, mein Leben zu ändern. Als sich die Gelegenheit bot, habe ich mich einfach aus dem Staub gemacht. Nicht ganz so, wie die Männer, die nur Zigaretten holen wollen, aber auch nicht viel besser. Unten auf der Straße versucht ein Junge im faden Neonlicht, lässig in die Gegend zu spucken. Der lange, schleimige Faden bleibt an seinem Mund hängen und tropft auf das T-Shirt. Treffender kann man meine Situation auch nicht beschreiben. Ich gehe zurück zum Bett, setze mich wieder vor den leeren Fernseher und fülle mein Glas.

Mein neues abenteuerliches Leben hatte keine Perspektive, wenn ich von diesem feigen Ausgangspunkt startete. Ich fing an den anderen zu beobachten. Ich folgte ihm bei all den Dingen, die mein Leben ausgemacht hatten. Nun gut, er ging nicht mehr Tennis spielen, aber wenn ich ehrlich war, hatte mir das schon seit Jahren keinen richtigen Spaß mehr gemacht. Ich hatte zu diesem Zeitpunkt noch kein genaues Ziel. Ich gehorchte nur dem inneren Zwang, meinen Doppelgänger zu kontrollieren, etwas Macht zurückzugewinnen.

Doch je länger ich meinen Gegenspieler beobachtete, desto mehr mußte ich feststellen, daß wir uns gar nicht so ähnlich waren. Was mich irritierte, war die Entspannung, die Leichtigkeit, die er ausstrahlte. Die Leute, denen er begegnete, waren freundlich zu ihm. Das paßte nicht zu mir. Ich wurde wütend. Ich hatte die ganzen Jahre meine gesamte Energie investiert, ich hatte den Streß, alles aufzubauen. Da war es für ihn keine Kunst, jetzt so locker und fröhlich zu sein. Ich fing an, ihn zu hassen, ihn zu hassen für das, was er mir wegnahm. Der Haß wuchs, je länger er sich so erfolgreich in meinem Leben bewegte, je länger ich ihn dabei verfolgte.

Ich suchte einen Ansatzpunkt, um das alles wieder rückgängig zu machen. Sicher war, daß nach fast einer Woche meine Chancen schlecht standen, einfach so nach Hause zu gehen, zu sagen: „Ich bin's!" und daß dann alles wieder beim Alten war. Ich war mir auch nicht mehr sicher, ob ich jetzt meine Frau noch von meiner Echtheit überzeugen konnte. Wie sollte ich erklären, wo ich die ganze Woche gewesen war. Der andere würde sicher nicht so kampflos das Feld räumen, wie ich es getan hatte.

So leid es mir tat. Die einfachste Variante war, den Mann, meine Nachahmung, umzubringen. Ich habe nie an den perfekten Mord geglaubt. Aber wenn ich es schaffte, daß niemand die Leiche fand, würde auch niemand unangenehme Fragen stellen. Niemand wird vermißt werden.

Es war jetzt Montag Abend und ich wußte, daß meine Imitation heute noch einmal aus dem Haus mußte. Mein Chef hatte mich zu dieser Weiterbildung gedrängt. Ich wartete vor unserem Grundstück. Durch das erleuchtete Wohnzimmer-fenster sah ich, wie alle am Abendbrottisch saßen. Es war

schön, endlich meine Kinder wiederzusehen. Nachher würde ich sie endlich in den Arm nehmen können. Sie sahen glücklich aus. Ich wußte gar nicht mehr, wann wir alle das letzte mal so zusammen gesessen hatten. Die letzte Zeit war einfach zu stressig gewesen. Sie unterhielten sich, Lindjan zeigte irgendetwas, was er gemalt hatte, und alle lachten. Anja sah den Fremden an und nahm seine Hand. Wie habe ich diesen verliebten Blick gemocht. Mir war gar nicht aufgefallen, daß ich ihn lange schon nicht mehr gesehen hatte. Ich wollte mich zusammenreißen, aber die Tränen entzogen sich meiner Kontrolle. Jetzt stand der Mann auf, holte die Jacke und gab allen noch einen Kuß. Kurze Zeit später sah ich ihn vor der Tür. Ich folgte ihm. Die Eisenstange hielt ich fest umklammert.

Jetzt sitze ich wieder im Hotelzimmer und leere die Flasche. Der Koffer mit den gepackten Sachen liegt vor mir auf dem Bett. Ich mache den Fernseher aus, ohne herauszufinden, was eigentlich läuft. Daneben liegt das Flugticket. Morgen um 9.37 Uhr geht die Maschine. Ich habe genug getrunken, um schlafen zu können. Die Eisenstange liegt noch im Waschbecken. Ich habe sie nicht benutzt. Ich hätte nichts zu verlieren gehabt, meine Familie schon.

Telefonat

Szene von K.Lypse

A: Ja Hallo, Sie kennen mich nicht.

B: Aha, und was wollen Sie?

A: Nichts!

B: Nichts?

A: Naja, vielleicht unterhalten.

B: Unterhalten?

A: Ja, nur so!

B: Warum sollte ich mich mit einem Fremden unterhalten, der mich auch noch stört?

A: Ich störe Sie?

B: Ja, sehr wohl!

A: Wobei?

B: Was geht Sie das an?

A: Nichts! Aber Sie können es mir erzählen.

B: Ich will aber nicht!

A: Warum?

B: Na Sie werden es doch nicht ernsthaft ungewöhnlich finden, daß ich nicht mit Fremden am Telefon oder sonstwo rede?

A: Nein, aber warum?

B: Wie: warum?

A: Sie tun es, weil es Ihnen so beigebracht wurde?

B: Ja, nein ... auch wegen der Vorsicht ... man muß heutzutage sehr vorsichtig sein, sonst wird einem gleich etwas verkauft, oder man hat plötzlich ein Zeitungsabo oder eine Hausratsversicherung abgeschlossen, ganz schnell geht das...

A: Da haben Sie Recht. Vorsicht finde ich auch sehr wichtig. Vorsicht ist ja bitte schön die Mutter der Porzellankiste – und ich sammle Porzellan.

B: Ach, Sie sammeln Porzellan? Das haben Sie ja gar nicht erzählt!

A: Wieso sollte ich?

B: Na ich denke, Sie wollten sich unterhalten?

A: Schon, aber nicht über mein Porzellan!

B: Warum denn nur nicht, ich finde Porzellan interessant, ich sammle selber... –

54

A: Ich habe gelogen!

B: Wie gelogen?

A: Na ich habe gar kein Porzellan.

B: Ach, aha! Und wieso lügen Sie?

A: Na ich wollte mich wichtig machen. – Aber ich sammle Briefmarken, wirklich!

B: Ah, daß finde ich auch interessant!

A: Mußten Sie nicht etwas tun?

B: Das kann warten. Ich liebe Briefmarken und bin selbst leidenschaftlicher Philatelist ... .

A: Was sind Sie?

B: Sammler!

A: Ach so!

B: Sammeln Sie „Themen" oder „Länder"?

A: Ach ... querbeet!

B: Ich habe ein paar herrliche Marken aus Spanien und Portugal – teilweise über hundert Jahre alt. Wenn Sie wollen, komme ich jetzt bei Ihnen vorbei!

A: Was?

B: Na zusammen anschauen!

A: Nein ... äh ...

B: Was ist denn los?

A: ... – ich habe schon wieder gelogen!

B: Sie sammeln keine Briefmarken?

A: Das außerdem, aber vor allem wollte mich gar nicht unterhalten!

B: Ach so? Was wollten Sie dann?

A: Na etwas zu Essen bestellen!

B: O.K., was wünschen Sie?

A: Einmal die 240, zweimal die 18, einmal die 78 mit doppelt Käse und Zwiebeln und zwei Fanta ....

Mein Freund Friedrich

von Paul M.

Plötzlich steht dieser Typ vor mir und muß erst einmal kotzen. Vielleicht lag es am Jetleg, wenn ich das so nennen kann oder daran, daß er einige Zeit nichts gegessen hatte, vielleicht war es einfach nur die Situation, die er genauso wenig verstand wie ich.

Wie würden Sie reagieren, wenn von einem Moment auf den nächsten Friedrich Schiller in ihrem Wohnzimmer steht und auf den Teppich kotzt?

Den Kopf habe ich geschüttelt und sogar noch gesagt „Krass!". Dabei blieb es dann auch. Wir starrten uns beide an. Er noch leicht vorgebeugt, die Hände auf den Knien und einige Sabberfäden aus dem Mund hängend. Kotzen kann sehr befreien. Ich sah ihm an, daß es ihm besser ging.

Ich hatte einfach nur dagesessen und die Büste Schillers fokusiert, stellte mir vor , wie er lebte, fühlte ihn, roch, hörte, sah ihn, verlor immer mehr mein arrogantes Lächeln, und plötzlich hörte ich Brechgeräusche, und ein Mittvierziger in alten Klamotten mit rotem, in dichten Locken fallendem Haar stand gebeugt vor mir – Friedrich Schiller. Krass, aber das sagte ich bereits. Nach anfänglicher Lethargie reichte ich ihm ein Taschentuch und ging anschließend mit ihm ins Bad. Der erste Schock war natürlich das elektrische Licht. Er wusch sich und es gab noch ein paar Blicke, die nach „Ohh`s" und „Uhh`s" aussahen, aber Fragen stellte er keine. Ihm schien bewußt zu sein, daß er in einer Zeit war, die nach seiner gekommen war oder wie immer das zeittechnisch erklärt werden soll.

An dem Abend waren wir beide fertig. Keiner sprach, obwohl ich wußte, daß der da deutsch sprechen konnte. Ich behandelte ihn wie einen Ausländer und zeigte auf alles, und Schiller ließ alles mit sich geschehen. Er nahm das Glas Wein und vier weitere und bezog sofort den Schlafplatz, den ich ihm zuwies. Ich konnte sofort einschlafen, Quatsch, ich lag noch so lange wach, um zu hören, wie er sich fast die Lunge aus dem Hals hustete. Ich brachte ihm Hustensaft und ein starkes Schmerzmittel und kochte noch einen Tee, aus dem ich mir dann doch einen Grog machte.

Früh wurde ich durch Geräusche geweckt und erkannte, daß

ich in der Küche eingeschlafen war. Den Grog hatte ich natürlich umgekippt, und meine rechte Gesichtshälfte war durch die Feuchtigkeit ganz aufgedunsen.

Schiller hatte die Geräusche verursacht, von denen ich wach geworden war. Er stand im Wohnzimmer am geöffneten Fenster mit einem Buch – Schillers Werke Teil 2.

Er weinte. Er schluchzte nicht, ihm liefen nur einige Tränen an den Wangen herunter. Hätte ich ihm wieder ein Taschentuch geben sollen?

„Irgendwie schon ´ne ziemlich krasse Situation!" Er verstand nicht wirklich.

„Es ist sehr seltsam, was hier geschehen ist, nicht wahr, Herr Schiller?"

Jetzt brauchte er wirklich ein Taschentuch. Schiller ein Weichei. „Isch verschteh dasch net!". Ich mußte lachen. Schiller war Schwabe, aber ich hatte mir das nie so ausgemalt. Der schwäbische Dialekt klingt so Scheiße und jetzt das aus dem Munde Schillers.

„Tut mir leid, aber ich hatte mir dich... äh Sie anders vorgestellt, jedenfalls akustisch."

Der Einfachheit halber werde ich das Gesagte Schillers in Hochdeutsch wiedergeben. Jedenfalls das, was davon übrig geblieben ist. Einige brauchbare Gedanken sind hängen geblieben. Jedenfalls bei mir. Für Leser dieser Aufzeichnungen, sofern ich sie irgendwann mal jemanden gebe, tut es mir natürlich leid, daß sie nicht dabei waren.

Aber egal!

Da standen wir also mit unseren seltsamen Gefühlen, und ich hatte keine Ahnung, was ich machen sollte. Ich konnte doch nicht gleich mit der Geschichte von der Gedankenübertragung anfangen.

„Ich habe Sie übrigens per Gedankenübertragung hergeholt."

„So? Dann wäre es Ihnen sicher möglich, mich wieder zurück zu senden?" Schillers Souveränität erfreute mich, obwohl ich mir nicht vorstellen konnte, daß er etwas mit dem Wort „Gedankenübertragung" anfangen konnte. Ich kann mich natürlich auch irren. Jedenfalls mußte ich auf seine Frage verlegen lächeln und mit meinen Schultern zucken.

„Na, ich saß dort und ging den Tag noch mal durch und

fokusierte Sie in meinem Geist, und plötzlich waren Sie da."

„Mit Hilfe des Geistes sagen Sie?" Er begann zu lächeln und sein zwar durch Krankheit gezeichnetes, aber trotzdem strahlendes Gesicht wurde noch beeindruckender und erhielt diese Spur Arroganz, welche auftritt, wenn man siegessicher ist.

„Es ist nicht ganz so, wie Sie jetzt vielleicht denken. Mit dem Geist kann man so einiges machen, aber alles auch nicht.

„So, so?" Dieses „So, so?" gefiel mir gar nicht. Erinnerte mich zu sehr an die Reaktion meines Deutschlehrers, wenn ich mal wieder was gesagt hatte.

„Lassen Sie uns ein anderes mal darüber sprechen, okay?....Ach so, okay heißt soviel wie gut so, schön, perfekt, machen wir so, okay?"

„Okay. Trotzdem würde ich es begrüßen, wenn Sie versuchen könnten, diesen Vorgang der Gedankenübertragung ein zweites Mal stattfinden zu lassen."

„Sie wollen wieder weg."

„Ja. Was soll ich hier? Es ist nicht meine Zeit." Als er dies sagte, hatte ich den Eindruck, er würde sich deswegen so schnell wieder verpissen wollen, weil er befürchtete, irgendwas hier zu sehen, was ihm nicht gefallen könnte.

„Kein Interesse an der Zukunft? Oder haben Sie Schiß, Angst, meine ich?"

„Natürlich habe ich Angst. Angst davor, daß sich mein Leben in der Zukunft als nutzlos herausgestellt hat." Das Adjektiv „abgefahren" trifft die Situation wohl ganz gut: Schiller steht in meiner Wohnung und sagt, daß er Angst hat. Verdammt!

„Haben Sie also nicht glücklich gelebt?" mußte ich ihn fragen. Schiller sah mich verstört an. „Wie meinen Sie das?".

„Ist mir eigentlich nur so raus gerutscht. Vergessen Sie`s! Wissen Sie, ich bin tief beeindruckt von Ihnen und Ihrem Leben, und ich habe da so einige Fragen, aber Ihnen könnte das alles zu viel werden, befürchte ich. Ich kann doch einem meiner Vorbilder nicht seine Träume entreißen."

Schiller lächelte sehr freundlich. „Es scheint, daß mein Leben nicht gänzlich ohne Erfolg in der Zukunft ist." Solche Sätze kommen ja meist erst am Ende , aber „meist" trifft nicht auf diese Situation zu. Von daher kann da schon solch ein Satz auftauchen, der einen stolz und zufrieden werden läßt, obwohl die Geschichte noch nicht mal richtig angefangen hat. Ich

58

stotterte mein Danke, worauf er sein Ansinnen wiederholte.

„Ist wahrscheinlich besser so. Na dann hat es mich sehr gefreut, Ihre Bekanntschaft gemacht zu haben."

„Das Vergnügen ist ganz meinerseits."

„Okay, dann müssen Sie mir nur noch zwei Gefallen tun. Einen Moment!" Was holte ich, natürlich – meinen Photoapparat. So eine Chance läßt man sich nicht entgehen. Als ich zurück kam, stand Schiller träumend am Fenster. Er bekam den Blitz gar nicht mit. Erst als ich ihn noch darum bat, etwas in mein

F. Schiller kotzt auf meinen Teppich!

Tagebuch zu schreiben, erwachte er aus seinen Träumereien. Es mag albern klingen, daß ich mein Tagebuch signieren ließ, aber ich hielt es für den besten Ort. Schiller hat eine ziemlich geile Schrift. Charakterschrift.

Dann war der Abschied gekommen. Wir gaben uns die Hände, und ich wollte eigentlich noch was sagen, aber der Träumer war schon wieder woanders.

Mit Sicherheit war das hier ein Schock für ihn. Er wurde mit etwas konfrontiert, ... aber womit eigentlich? Habe ich ihm etwas wirklich Schockierendes erzählt? Er hat nur seine Bücher gesehen und aus dem Fenster geschaut. Ein paar Autos sind vorbei gefahren.

Derart dachte ich so vor mich hin, während ich auf meinem Bett saß und mich eigentlich darauf konzentrieren sollte, ihn zurückzuschicken. Ich dachte gar nicht daran, ob ich es überhaupt könnte. Mich beschäftigte die Frage, ob ich Schiller ein wenig die Gegenwart zeigen sollte, also meine Gegenwart. Ich glaube schon daran, daß alles so, wie es in der Geschichte gelaufen ist, auch genau so laufen mußte. Ich würde nichts verändern wollen, es hilft ja sowieso nicht. Und dann sagte ich mir, wenn es nicht hilft, kann es auch nicht schaden. Ich bin nicht so ein Panikmacher, der sich nicht geboren sieht, sollte auch nur eine winzige Kleinigkeit in der Vergangenheit verändert werden.

„Und Sie sind wirklich nicht an der Gegenwart interessiert? Sie sind sich wirklich sicher?" Den suggestiven Ton hatte ich schon immer ganz gut drauf. Eine Wirkung zeigte er aber erst mal nicht. Keine Ahnung, wo der schon wieder war. Wollte der sich selbst wegbeamen?

„Hallo Herr Schiller? Alles klar?"

„Wenn Sie das können, müßte mir ebenfalls die Möglichkeit offen stehen, dieses Prozedere anzuwenden?" Diesmal muß ich verwirrt ausgesehen haben.

„Ja, theoretisch schon, aber das ist Neuland, terra incognita sozusagen." Meine Sprache veränderte sich bereits.

„Probieren Sie es gerade? Sie sehen so konzentriert aus."

„Ein enormer Reiz umhüllt diese Aufgabe, wie ich gestehen muß, und der Beweis an eigener Person würde meine alte Idee von der Beherrschung der Natur durch den Geist zu neuer Berechtigung verhelfen. Allerdings muß ich anmerken, daß dies nur unter einer Bedingung Möglichkeitscharakter erhält

... die Natur ist vom Geist durchdrungen. Oder sollte etwa ... doch ... Natur und Geist sind im Grunde identisch?" Er sah mich mit einem Blick an, als würde er jemand anderem diese Frage stellen. Und er schien auf diese Frage früher bereits eine Antwort erhalten zu haben.

„Naja, so sieht es wohl aus, ansonsten hätte ich Sie nicht herholen können und anfassen .....`tschuldigung, kann ich Sie ja."

Er schwieg, und seiner Mimik konnte ich entnehmen, wie er mit dieser Möglichkeit umging. Es war eine sehr beweisbare Möglichkeit, schließlich stand er vor mir, und ich konnte ihn berühren. Denken ist schon was Verrücktes, und zu viel Denken macht krank.

Also öffnete ich eine Flasche Wein und schenkte uns ein. Wir tranken und alles fing an, weniger problematisch zu wirken. Wir unterhielten uns angeregt über viele Dinge. Ich freute mich über Schillers Natürlichkeit. Nie hatte ich den Aussagen über den grüblerischen Denker im klassischen Olymp geglaubt. Wer an Ideale glaubt und sogar über sie schreibt, kann kein wirklich versnobtes Arschloch sein. Schiller hat schon eine gewisse Arroganz, aber er kann auch einstecken. Er mag Diskussionen mit gleich starken Partnern, mit denen er auch mal ins deftige Vokabular abrutschen kann.

Möchte man gar nicht glauben, bei Sätzen wie ‚wir wollen sein ein einzig Volk von Brüdern, oder ‚kurz ist der Schmerz und ewig ist die Freude‚. Nach freudiger Empfindung zog es Schiller bereits im Leben. Ich merkte das in diesem und in weiteren Gesprächen und hielt es irgendwann nicht mehr nur für ein Verhalten, welches durch diese Situation zustande gekommen war. Ich fühlte mich an einen Ausspruch aus seinem Leitfaden für Künstler erinnert. Jeder soll sich die Leute so denken, wie sie sein sollten, wenn er oder sie auf diese Leute wirken, also Kunst machen. Doch wenn man mit den Leuten zu tun hat, soll man sie so nehmen, wie sie sind. Soetwas schreibt kein Arschloch. Das ist Idealismus, aber eben cooler Idealismus. Zum Idealismus gehört eine große Portion Schweinekram, weil der Idealist sonst seine eigenen Ideale nicht ertragen könnte.

Wir kamen zu den schmutzigen Witzen. Ich werde eigentlich selten rot, aber was mir da geboten wurde.... Da ist selbst dieser allgemein bekannte Witz, warum es so geil ist, mit einer

Jungfrau zu schlafen, ein harmloses Geulke.

Wir saßen also rum und tranken mittlerweile die zweite Flasche, als dieser wirklich bemerkenswerte Satz fiel, der hier wortwörtlich wiedergegeben ist und nicht, das möchte ich besonders betonen, von mir stammte: „Ein wenig Hanf wäre jetzt nicht schlecht!".

Ein wenig Hanf wäre jetzt nicht schlecht - laßt euch das auf der Zunge zergehen. Schiller rückte mir jetzt noch näher.

Ich kann nichts für diesen Satz. Er klingt sehr seltsam und unpassend, so als hätte ich ihn erfunden, um Schiller von seinem Sockel zu stoßen, aber dem ist nicht so. Er hat diesen Satz gesagt und weitere übers Kiffen, über den Anbau, über verschiedene Dopesorten. Schiller stellte sich als Spezialist heraus. Könnte ich ihn nicht wieder zurück schicken, würde er auf jeden Fall in einem Growshop anfangen können.

Ich hatte nicht mehr allzuviel Zeug da, aber für einen Kleinen reichte es noch.

Nachdem wir ausgiebig gegessen hatten, verspürten wir den Drang hinaus zu gehen, hinaus in die Natur, frische Luft atmen, Menschen angucken, Phatnis genießen, leben.

„Warum hast du nie was über das Kiffen geschrieben?" fragte ich Schiller, kurz nachdem wir das Haus verlassen hatten. Er hatte mir das `du` zwar nicht angeboten, aber mich interessierte die Etikette nicht mehr. Einen Mann von solchem Humor konnte ich nicht mehr siezen. Schiller überlegte einen Moment, jedenfalls deutete ich es anfänglich als Überlegung, stellte aber schnell fest, daß der Joint Schillers Sprachzentrum angegriffen haben mußte. Schiller suchte nicht nach einer Antwort, er suchte nach Worten.

„Pfffffffffffff!Weiß nicht!?" Danke für das Gespräch, Herr Schiller. Weitere Fragen, ich war gerade so in Rede- und Fragelaune, beantwortete mein Gesprächspartner ebenso kurz, gelangweilt und informationslos. Nach der vierten Antwort wollte ich dies persönlich nehmen, erkannte aber nach einem Blick in sein Gesicht, daß ihm nicht nach Sprechen war, sondern eher nach sinnlichem Genießen.

Wir waren in eine belebte Straße eingebogen, und Schillers Blick wußte nicht, wo er zuerst hinwollte. Besonders die Menschen hatten es ihm angetan. So bunt laufen sie in seiner Zeit nicht umher, meinte er. Ich erklärte ihm dann aber, daß das keine gelebte Individualität ist, sondern nur der größere

Markt. Er verstand das nicht. Für ihn war das Individualität, und vielleicht hat er ja recht.

Als wir an einem riesigen Bücherladen vorbeikamen, drückte Klein – Friedrich seine Nase am Schaufenster platt. Als er mich dann ansah, konnte ich nichts anderes sagen außer ,Klar können wir da rein gehen.,

Ich habe Schiller bisher nicht in seiner Zeit erlebt, aber er wird dort nicht anders sein. Ich kann es mir jedenfalls nicht vorstellen. Keine Ahnung, wie dieses Bild des Unnahbaren entstanden ist.

abgefahren.

„ werden denn meine Werke noch gelesen ? "

Ich sah in diesem Buchladen einen vor Entzücken herum springenden Mann voll kindlicher Naivität. Es war die pure Freude, ihn so begeistert die Regale und Stapel mustern zu sehen. Er nahm Bücher in die Hand, schlug sie auf, roch in ihnen, legte sie entweder angewidert zurück oder an einen anderen Ort, an dem sich immer mehr Bücher sammelten. Ich sah eine herbe Enttäuschung auf ihn zukommen, aber noch spielte er vergnügt.

Als er mir einige Minuten nicht mehr unter die Augen gekommen war, da ich mich selbst nach einigen Titeln umgesehen hatte, begann ich ihn zu suchen und wurde im Kellergeschoß fündig. Er stand bei erotischer Kunst und hielt gerade einen Prachtband ästhetisch photographierter weiblicher Hintern in der Hand. Nein, es waren keine Hintern. Das waren Ärsche. Wunderschöne Ärsche. Wir standen beide da und blätterten ehrfurchtsvoll Seite um Seite um. Manchmal blickte ich weg, weil ich diese Schönheit nicht mehr ertragen konnte. Schiller war an Schönheit gewohnt.

Wir blätterten hin und her und konnten uns gar nicht mehr einkriegen. Das war ein Buch.

„Menschen mit Apparat lebendig dargestellt!" kam es in sehr schlechtem Deutsch aus mir raus. Dann hielt ich meine Klappe, denn genau wie er wollte ich diesen Moment nicht mit überflüssigen Worten kaputt machen. Ich weiß nicht, wie ich diesen Moment beschreiben soll. Zwei Männer unterschiedlichen Alters, ja sogar unterschiedlicher Epochen stehen dicht beieinander und betrachten gemeinsam ein Buch mit Photographien göttlicher Weiblichkeit. Uns sprang da Natur entgegen. Sicherlich war sie ins rechte Licht gerückt worden, aber die Hintern waren echt. Für Schiller waren sie das sowieso, schließlich hatte er keine Ahnung von Schönheitschirurgie.

Doch auch für mich war diese Schönheit echt , denn so etwas wird der Mensch niemals hin bekommen. Niemals. Das vollbringt nur die Natur. Ich meine, Natur ist natürlich. Natur kann etwas, was nur Natur kann. Nur Natur kann befreien. Ich ließ mich einfach in diese Bilder fallen und spürte Seite um Seite, wie meine ganzen Ängste von mir abfielen. Ich konzentrierte mich nicht, diese Bilder zwangen mich sanft zur Konzentration. Irgendwann nahm ich die einzelnen Körperpartien gar nicht mehr wahr, sondern sah nur noch das

Ganze – die Frau, die Frau in ihrer Umgebung, das Buch, das Buch in unseren Händen, wir im Buchladen, der Buchladen in der Stadt, die Stadt auf der Erde, die Erde im All, jetzt und hier und immer wieder. Geburt und Tod, Rückkehr und Wiederkehr.

Es schoß mir nur so durch den Schädel. Ich hatte keine Kontrolle mehr über meine Gedanken und meine Gefühle. Alles war durcheinander, chaotisch, und doch war es irgendwie vertraut. Ich wußte plötzlich gar nichts mehr, und doch wußte ich alles. Bilder, Worte, Erinnerungen, Gefühle, Hoffnungen, Wünsche, Vergangenheit und Zukunft vermischten sich zu einem unbeschreiblichen Zustand. Dies mag mir niemand glauben, aber während ich geistesabwesend diesen Bildband genoß, hatte ich eine Vision. Plötzlich wurde mir alles klar, mein ganzes Leben lag vor mir, und ich erkannte den Sinn meines Aufenthaltes auf Erden. Der weibliche Körper offenbarte mir das Geheimnis meines Lebens.

Da mußte erst Schiller persönlich kommen und mir ein Buch mit nackten weiblichen Ärschen zeigen, damit ich erkannte, was mir fehlte.

Als ich dies halbwegs realisiert hatte, zückte ich mein Handy und rief meine Freundin an, die mich vor einer Woche verlassen hatte. Sie nahm ab und konnte bis auf „Hallo" nichts mehr sagen, da ein Schwall Wörter auf sie niederging, der ihr jede Möglichkeit zum Reden nahm.

Bruchstückhaft erinnere ich mich noch an meine Entschuldigung über mein einmaliges Fremdgehen, den Grund ihrer Trennung von mir. Ich beschimpfte mich in den übelsten Worten, machte mich fertig vor ihrem Ohr und versuchte meine Empfindung, meine Erkenntnis in Worte zu fassen. Es gelang nicht. Kein Wort hätte dies ausdrücken können.

Schiller hatte irgendwann begonnen, mich zu beobachten und mir zuzuhören und meinte später, daß ihm zu diesem Zeitpunkt ebenfalls nur diese Sätze eingefallen wären, die ich gebraucht hatte. Ich redete einfach. Ich überlegte nicht. Es war ein Fließen von Wörtern.

Es war eine sehr einfache Sprache und doch war es die Art Sprache, die meinen Gefühlen am nächsten kam.

Schiller war nicht sauer, sich ein paar Stunden allein beschäftigen zu müssen. Es zieht mich zu dieser Frau, sagte ich ihm. Sie hatte nicht aufgelegt, mich reden lassen und mir sogar auf die Frage am Ende meiner Suada, ob sie zu Hause sei, kurz mit „Ja!" geantwortet. Zu mehr hätte sie auch keine Chance gehabt, da ich das Telefon schnell ausschaltete und Schiller von der Treppe zurief, hier in der Nähe zu warten. Er nickte sehr zufrieden. Jedenfalls sah es für mich so aus.

Auf dem Weg zu meiner Freundin rief ich noch meine Eltern an. Meine Mutter wußte nicht, worum es ging und eigentlich wußte ich das selbst nicht. Es war der Drang, meine Eltern anzurufen und ihnen zu sagen, daß ich jetzt wüßte, was ich will. Bis zu dem Punkt konnte mir meine Mutter noch folgen, aber als ich dann anfing von der Weltseele, von Gott und

wir wollen sein ein einzig Volk von Brüdern!

Hawai, 1000

Mein lieber Freund!

/ kurz ist der Schmerz & ewig ist die Freude /

diesem ganzen Kram zu erzählen, muß ich sie leicht verwirrt haben. Wichtig war auch nur, daß sie wußten, daß ihr Sohnemann erwacht war, die Peilung für das Konkrete zwar immer noch fehlte, aber sich Hoffnung und Enthusiasmus für das Leben eingestellt hatten.

Meine Freundin reagierte ebenfalls überrascht und sprachlos, zeigte mir ihre Freude über mein Kommen. Was zwischen uns gesagt wurde, geht hier niemanden was an. Wir hatten aber keinen Sex. Das will ich hier klarstellen. Darum ging es bei der ganzen Sache nicht. Ich hatte auch keinen Ständer, als ich mir die göttlichen Körper angesehen habe. Gut, am Anfang schon, aber dann war es anders, dann war es nur noch das pure Gefühl, der pure Gedanke, das pure Leben.

Schiller war nicht sauer, als ich erst nach sechs Stunden wieder aufkreuzte, aber selbst wenn, hätte mich das wenig gestört. Ich erzählte ihm von der Versöhnung mit meiner Freundin und von diesen neuen Gefühlen, die plötzlich in mein Leben gebrochen waren und welche ich nicht verstand.

„Das ist der Spieltrieb, mein Freund! Materie und Zeit vergessen. Nur noch Leben. Momentan erlebe ich selbiges und bedaure die lange Abwesenheit dieses erhebenden Gefühls. Beim Schreiben meines erstens Stücks `Die Räuber` wurde ich mit dieser Emotion bekannt. Dann begegnete ich diesem Zustand bei der Geburt meines ersten Kindes und ein weiteres Mal, als ich mich mit einigen Salinenarbeitern betrank und sehr schmutzige Lieder sang. Die Fähigkeit, dieses Gefühl zu konservieren , fehlte mir stets. Diesmal ist es anders."

„Keine Ahnung , wie das später werden wird, aber jetzt habe ich das Gefühl, daß alles egal ist und doch ist es nicht egal. Alles fühlt sich gut an, obwohl auch vieles Scheiße ist in dieser Welt, aber irgendwie fühlt sich das nicht mehr so erdrückend an. Ach, Scheiße, ich kann das nicht erklären."

„Ich schon." Sagte Schiller „Siehst du den Vogel dort. Er bewegt seinen Kopf. Er pickt auf dem Boden herum. Er breitet seine Schwingen und hebt sich empor in das Blau des Himmels."

Ich kann nicht sagen, wie lange wir dort saßen und in den Himmel schauten. Der Vogel war jedenfalls schon lange unseren Blicken entschwunden, vielleicht war er bereits tot, gegen einen Kran geflogen oder so was ähnliches.

„Scheiße, das war Zen – Buddhismus?" fiel es mir wie

Schuppen von den Augen.

„Was war was?"

„Eben, das mit dem Vogel, das war japanische Religion. Das Einfache des Lebens sehen."

„Du klingst wie er, aber es hat den Anschein, als würde mich das nicht mehr stören."

„Wie? Goethes Gequatsche ging dir manchmal auf den Keks?"

„Was?"

„Eh, okay. Dir hat nicht alles gefallen, was Goethe gesagt hat."

„Um Gottes Willen. Goethe kann einen in die Raserei treiben. Er hat viel an meiner Sicht der Kunst auszusetzen."

„Davon findet man aber nichts in deinen oder seinen Schriften."

„Ihm fällt dies nicht auf, und ich schweige diesbezüglich, denn mir ist die Gültigkeit seiner Kritik stets bewußt. Werde ich denn heute gelesen?"

„Naja, also ich lese dich, Literaturstudenten lesen dich, in der Schule werden die Kinder gezwungen, dich zu lesen und ins Theater zu deinen Stücken kommen hauptsächlich Leute, die, verzeih mir, auf deine Ideale scheißen."

„Das ist deutlich, aber das ist der Punkt. Die Menschen haben Angst vor mir und meiner Kunst. Sie lieben mich nicht und auch nicht meine Kunst. Nur wenn sie dies täten, würden sie auch die Ideale lieben." Und nach einer kurzen Pause sagte er: „Scheiße!"

Ich sah ihn überrascht an.

„Ich habe auch das Recht, dieses Wort zu gebrauchen. Scheiße, Scheiße, Scheiße. Wenn ich doch bloß richtig gesund wäre. Ich würde jetzt anders schreiben. Natürlicher, farbiger, hoffnungsvoller, freudiger, lebendiger und doch auch traurig, niedergeschlagen, düster."

„Na, dann solltest du mal gesund werden, du Vogel!"

„Warum bin ich ein Vogel?"

„Ohhh Mann! Benutzt ihr nie bei euch Schimpfnamen, um euch freundlich zu necken."

„Du meinst so etwas wie Lump, Tagedieb, Nichtsnutz, Professor..."

„Professor ist gut, das gefällt mir." unterbrach ich seine Aufzählung.

„Also dann solltest du Professor mal versuchen, gesund zu werden. Und wenn du willst, helfe ich dir dabei. Denn ich weiß ehrlich gesagt nicht, wie ich dich wieder nach Hause kriegen soll. Und bis mir das wieder einfällt, werden wir einige Ärzte abklappern. Unsere Zeit ist zwar genauso schlecht wie eure, aber unsere Medizin kann schon einiges. Wird dich alten Knochenflicker vielleicht sogar interessieren."

Wir saßen immer noch auf der Bank einer kleinen Grünfläche neben dem Buchgeschäft.

Ich ging noch einmal in das Geschäft hinein und kaufte für Schiller den erwähnten Photoband. Als ich raus kam, sah ich Schiller auf der Bank in der Sonne sitzen. Seine Augen waren geschlossen, und er lächelte leicht. Mir fiel erst jetzt Friedrichs altmodische Kleidung auf. Ich mußte lachen, denn niemanden schien es zu interessieren, wie er umher lief. Das ist die Gnade der Großstadt. Die ist so anonym, und die Leute in ihr sind so gebannt von dieser Anonymität, daß Friedrich Schiller ungestört in ihr umherwandeln konnte. Tja, konnte, Vergangenheit, denn Schiller ist nicht mehr. Als ich ihn so ansah, wie er da auf der Bank total entspannt saß und noch über die Großstadt räsonnierte, verschwand er plötzlich. Von einem Moment zum nächsten war er verschwunden. Ich war nicht über sein Verschwinden überrascht. Daß dies funktioniert und somit normal ist, wußte ich ja schließlich. Mich überraschte nur die Selbständigkeit Schillers, denn ich bin felsenfest davon überzeugt, daß er sich allein weggebeamt hat. Was heißt überzeugt – ich weiß es.

Denn vor einer Woche bekam ich einen Brief. Keine Ahnung, wie er in meinen Briefkasten gekommen war. Er ist nicht frankiert, auf altem Papier geschrieben und datiert auf das Jahr 1900. Und nur aufgrund dieses Briefes habe ich mir die Mühe gemacht, diesen ganzen Mist hier aufzuschreiben. Mein Geheimnis, von dem sonst nur noch meine Freundin weiß, wollte ich für mich behalten, denn es muß nicht jeder wissen, was alles möglich ist.

Aber als ich den Brief bekam, wurde mir klar, daß ich noch absolut dilettantischer Anfänger bin.

Der Brief ist von Friedrich Schiller, welcher eigentlich am 09.05.1805 gestorben ist, jedenfalls wurde sein Körper zwei Tage später beerdigt.

Was Leser mit diesen Aufzeichnungen und dem Brief anfangen, ist mir egal. Das ist alles ziemlich krass, aber ich habe keine Angst mehr davor, denn Hauptsache leben.

Hawaii 1900 (genaues Datum ist mir nicht bekannt)

Mein Lieber Freund!
Da ist mehr, als ich mir jemals zu träumen wagte. Ich bin seit fast hundert Jahren tot, und doch schmeckt mir das Leben immer noch. Wenn diese ganzen Philister, die mir nacheifern und mich und meine Werke verteidigen, wüßten, was sie verpassen. Ich könnte mich darüber sehr ereifern, aber ich mache das nicht.
Sollen sie alle sehen, wo sie bleiben und sich im akademischen Wettstreit gegenseitig an die Gurgel gehen. Ich genieße meine Zeit. Seit 1805 genieße ich. Mal hier, mal dort. Die Orte sind unbedeutend, obwohl alle wunderschön. Geschrieben habe ich seitdem nicht mehr. Genau genommen sind das nach 95 Jahren meine ersten Zeilen. Du kannst dich geehrt fühlen. Eigentlich wollte ich dir nur ‚Auf Wiedersehen‘ sagen, mich bei dir bedanken und dich anspornen, weiterhin deinen Geist zu trainieren. Denn es warten Sachen auf dich... Scheiße, nein!
Mit deiner Freundin ist noch alles in Ordnung? Ich will dir nichts vormachen. Du solltest dein Vorspiel verlängern, vertrau mir. Ansonsten laß alles geschehen.
Das sollte als Lebenszeichen (welch lustiges Wort) genügen.
Laß es dir gut gehen und nimm dir alle Zeit, die du brauchst. Du hast sie.
Bis dann!

Sch.

Die Hoffnung schmolz im Unterholz

von Sebastian Sonnenstrahl

Wenn Leute sonntags, statt zu pennen
frühmorgens durch die Pampa rennen
Die Jugendlichen leise fluchen
den Zustand nennt man Pilze suchen

Ich lieg´ da so in meinem Bett
die Sterne noch am Himmel
Doch auf des Flures langem Gang
herrscht eifriges Gewimmel
Die Eltern sind schon lange auf
ich hör ihr BLABLABLAn
und denke: „*AAARG*, die wollten ja
– heut in die Pilze fahr´n!"

´Ne Träne quillt mir aus dem Auge
ich will da gar nicht hin
Ich kam heut´ um halb Zwei nach Hause
voll abgefüllt mit Gin!
In dem Moment geht´s Türle auf
die Mama kommt herein
das Licht flammt an
und in mei´ m Kopf
entbrennt die Höllenpein

Mein Hirn und meine Augäpfel
verknoten sich mit Schrecken
Man reißt mir meine Decke weg:
„Du brauchst dich gar nich´ zu verstecken!"

Die Kälte beißt mir in die Haut
und meine Mutter gräßlich laut
von oben auf mich nieder schaut
Ich fühl mich grad wie halbverdaut
und frag´ mich: „Wird es denn noch schlimmer?"
Da kommt der Papa in das Zimmer

In seiner Hand trägt er ´nen Lappen
der voller Nässe trieft
PATSCH!
Den Schrei, der mir dabei entfährt
hört man bis Tel-Aviv

Und ohne falsche Rücksichtsnahme
packen sie mein Bein
und schleifen mich so splitternackt
ins kalte Auto rein

„Was ist es nur?" denk ich bei mir
„Was hab ich nur getan, Mann?"
Die Eltern hechten in die Sitze
und fahren sofort an
Und zwar mit einem solchen Speed
daß man die Welt verschwimmen sieht

Mein Kopf klemmt auf der Scheibenkurbel
so daß das Glas herunterrutscht
Dann kann ich seh´n
wie durch den Sog
das Zeug durch´s Fenster flutscht
das meine Eltern
als meine Kleidung
neben mir hinterlegt hatten
Nun ist es leider viel zu spät
– jetzt sind es neue Wegplatten

„Dann kriegste Papas Arbeitshose,
die wird dir dann schon passen!"
Fakt ist, damit das Ding mir passt
müsst ich mich schwängern lassen

So fahren wir durch Berg und Tal
die Fahrt natürlich eine Qual
dann geht die Sonne langsam auf
und Paps drückt noch mal richtig drauf
damit wir ja die ersten sind
und jeder 1000 Pilze find

Und ich da auf der Rückbank nun
denk: „Scheiße, der fährt ja viel zu hastig!
Wenn ich jetzt aus dem Auto spring,
zermatscht der nächste Mast mich!"
So muss ich jetzt, bis wir dort sind
in diesem Auto gammeln
und dann für etwa 7 Stunden
mit denen Pilze sammeln

Und als der Uhu schlafen geht
ein kalter Wind vom Hafen weht
da ist´s, als wenn mich strafen tät´
für ein vergess´nes Schlafgebet
der Herrgott, der am Himmel steht

Denn um uns rum, als wär´s ´nen Alptraum
steht jetzt viel mehr, als nur ein Waldbaum
Ja, unberührt von Mensch und Schnellbahn
sind wir nun mitten in den Wäldern

Wir stoppen hier, wir steigen aus
ich werde angezogen
Vorm nächsten Mal bring ich mich um
das schwör ich - ungelogen!
Krieg Mutters Kittel, Sandaletten
die Hose vom Papa
Ich sehe fast aus, wie ein Kelly
geboren in Somalia

Mit Brotmesser und Korb bewaffnet
werd ich dann in den Wald geschubst
Und gleich darauf wird ausgeschwärmt
wie bei den alten Navytrupps

Drei Menschen nun wie wilde Tiere
hier blöd durchs Morgenrot laufen
Daß wir hier nicht die ersten sind
bezeugen die Kothaufen
die bös´ versteckt wie Tellerminen
im Herbstlaub auf uns lauern

Es ist so herrlich! Jeden Schritt
könnt man ab jetzt bedauern

Mein Kopf - er summt
mein Magen brummt
und unter mir Fäkalie
Wenn man *das* heil übersteht
Ist sterben nur Lappalie

Doch jetzt erst geht es richtig los
der Wald beginnt – den Blick zu Boden!
Wenn ich erst mal Minister bin
laß ich das ganze Waldstück roden!
Wozu denn all das ganze Suchen
was soll denn nur das alles hier?
In meine Füße bohr´ n sich Stöcker
AARK!
ich komm mir vor
wie ein Fakir

Jetzt tu ich schon seit zwei - drei Stunden
durch diesen blöden Wald hier hetzen
Hab immer noch kein Pilz gefunden
die Fresse hängt voll Spinnennetzen
Und rechts von mir und links von mir
wird unablässig jubiliert
Das könn´ nicht meine Eltern sein
die ha´ m mich adoptiert

Nun ging´ 4 Stunden in das Land
und ich bin immer noch am Suchen
In meinem Kopf den Rest Verstand
den kann man unter Ulk verbuchen

Ich finde nur verbeulte Töpfe
und Leichen mit und ohne Köpfe
Aber mal Pilze, nein wieso?
Das wär ja unter mei´ m Niveau

Es ist jetzt wieder dunkel fast
In meinem Auge hängt ein Ast
In meinen Ohren steckt Gestrüpp
Weil ich bei jedem Schritt umkipp
Vielleicht ist das ja alles hier
gar nicht real - nur auf Papier!
Vielleicht ja nur ein schneller Traum
oder ein virtueller Raum!

Dann wird mein Bein wieder ergriffen
Ich werde nun zurückgeschliffen
Und jeder Dramaturge weiß
- Holla-
hier schließt sich grad ein Kreis

Der Abend kam, ich bin erlöst
wir fahr´n sofort nach Hause
So richtig schön wird's aber erst
wenn ich mich dort entlause

„Zum Abendbrot gibt's Pilze heut!"
erzählt mir Mutter stolz
„Oh danke, Mami, ich bin satt-
mein Magen ist voll Holz"
Und trotzdem nehme ich nen Haps
– das war naiv, ja schon
das wußte ich dann auf dem Weg
zur Intensivstation

Eines Tages nehm' ich mir 'n Strick, und wenn, dann mach ich das in Köpenick

Impressionen aus der Heimat von K.Lypse

Ich lebe unter Garantie in einer der ruhigsten Sackgassen in ganz Berlin.

Sie ergibt sich aus einer an den Dimensionen eines Randbezirkes gemessenen wichtigen Hauptstraße, die in, durch und aus dem Bezirk führt.

Hier riecht es meistens nach der einzigen Pizzeria weit und breit. Man kann am Geruch erkennen, wie Peete, der schmuddelige Inhaber, drauf ist. Hat er gute Laune, läuft einem schon auf dem Balkon das Wasser im Mund zusammen, geht es ihm mies, stinkt es nach verbrannten Fingernägeln und aus den Fenstern automatisch nach eigenem Mittag. – In welchem zentralen Berliner Bezirk kann man das noch erleben? – Da weiß man doch nie, wer Liebeskummer hat oder sich über einen Lottogewinn freut, da riecht zwischen der Hundescheiße nur undeutlich das einzelne Individuum heraus.

Nichts für mich. Ich bin ein Mann der Einzelheiten.

Für uns bedeutet Mitte und Prenzlauer Berg „in die Stadt fahren" und der Kudamm ist „Westen" bzw. „drüben" – dort fahren sie wie die Idioten und es gibt Parkraumbewirtschaftung. Diese Einstellung ist aber nicht typisch „Ossi", denn wir sind gar nicht der Osten. Wir sind der Mother-Fucking-Süden – und zwar fast der gesamte. Yeah...

Meine Sackgasse endet an der Spree oder Dahme. Genau weiß das bis heute wahrscheinlich nicht einmal das Umweltamt.

Bei uns grüßen sich die Leute höchstens deshalb nicht, weil sie sich schon kennengelernt und deswegen nichts mehr zu sagen haben, ansonsten grüßen sich alle. Die Fluktuation ist einfach sehr gering. 80 Prozent der in Köpenick Geborenen sterben hier. Ein Bezirk voller Traditionen und doch stets im Umbruch. Nur hier zieht der ehemalige Hausbesetzer neben die seit 50 Jahren ansässige Oma und beide verstehen und ergänzen sich hervorragend. Beim Thema Geschichte ist der standardisierte Köpenicker sowieso überaus empfindlich und eitel, denn schließlich gab es hier einen der ersten registrierten Fälle von zivilem Ungehorsam und Widerstand gegen die Obrigkeit. Selbst japanische Touristen lassen sich heute vor dem Rathaus mit dem Bronze-Plagiat des *Hauptmanns von Köpenick* fotografieren.

Wir sind der grünste Bezirk in ganz Berlin, wir haben den gewaltigsten See und den höchsten Berg. Hier gibt es eines der pompösesten Einkaufzentren und seit kurzem noch die NPD-Bundeszentrale dazu. Auch flächenmäßig übertrumpfen wir alle anderen Bezirke.

Trotzdem belächelt der typische Friedrichshainer oder Spandauer uns herablassend fast schon als Brandenburger – oder zumindest Randberliner.

Dabei geht in Köpenick was: eine Zusammengehörigkeit wie in einer unabhängigen Kleinstadt, eine einmalige Symbiose aus Hinterwelt und gehetzter Großstadt-Metropole.

Die Grundstückspreise sind mit jeder architektonischen Neuerung, jeder am Verkehr orientierten Konzeptionierung entlastender Übergangs- oder Alternativanbindungen gestiegen. Köpenicker Boden ist mittlerweile begehrt – die Variante für den mobilen und naturbewußten Menschen: mit dem Auto in 20 Minuten entweder am Alex oder in Ziegenhals und Gosen.

Ich bin ein Großstädter mit der für mich gesunden Variante geworden. Da waren fast 6 Jahre Hauptstraße, Ampel, Kneipe – die letzte große Kreuzung vor dem Krankenhaus Köpenick, was etwa einmal stündlich die volle Dröhnung Signalhorn bedeutete. Das ist jetzt vorbei.

Wenn es Köpenick nicht gäbe, würde ich vermutlich an die Ostsee ziehen, denn ich bin als Autofahrer ein hoffnungsloser Fall: kaum aus Köpenick raus, schon habe ich mich verfahren.

Ich liebe Berlin nicht wegen seiner Szene-Tempel, in denen sich eine ständig wechselnde, aber immer schimmernde Underground-Schickimicki-Elite selbst zelebriert und Trends in den längst gesättigten Party – Himmel scheißt.

Vielleicht bin ich der untypische 26-jährige? Vielleicht der typische Köpenicker? Möglich!

Aber ich genieße die Ambivalenz in dieser schnellen Stadt, die Möglichkeiten der Flucht in beide Richtungen. Nightlife goes on your private rooms. – Doch nicht für jeden die Variante! Gebündelte Kultur, der Überfluß im Überfluß, ein nicht mehr mit Publikum zu versorgendes, tägliches Angebot an Verlustierung aller Couleur. – Das ist, wonach sich die Sebnitzer und Bitterfelder Jugend sehnt, das, wovon mit verschobenem Blicken beinahe jedes pubertierende Landkind träumt...

... Ich bin kein Miesepeter oder Pessimist. – Es ist mein Berlin... Ich bin die Stadt, weil ich sie hasse und liebe wie mich selbst.

Der Charter darf nicht starten
von Lex

Den dicksten Menschen der Welt bin ich auf einem Provinzflughafen in Südosteuropa begegnet. Es handelte sich bei diesen Dickies – so will ich sie mit einem Augenzwinkern mal nennen – um eine schottische Reisegruppe, die ungesunde Sonnenbrände krebsroter Färbung auf Gesicht und Armen trug. Sie waren so beleibt, ach, Schluß mit den Schmeicheleien, das waren westlich degenerierte Speck-Eckchen mit Wülsten die aus Stiefel, Schaft und Wams hervorquollen, Wülste so breit wie der Ärmelkanal. Diese Dickheit machte mir Angst. Was das alles nach sich zieht, dachte der Medizinmann in mir: Gelenkaufbröslung, Haltungsschäden, Zellulitis und ständig scheuern die Schenkelinnenseiten aneinander.

Die Lautsprecherdüse verkündete einen verspäteten Abflug der Maschine. Die Bar hatte früh um vier noch geschlossen und im zollfreiem Laden gab's nur Zigaretten und Alkohol zum Trinken und zum an-den-Hals Sprühen. Aber nichts zu essen. Das bereitete mir Sorgen. Die Mär vom gemütlichen Dicken ist ein Schmach und eine nashorndicke Lügentracht im Volksmund. Dicke Tanten mit Perlenketten lecken sich die Lippen und gieren nach dem Eis kleiner Mädchen mit Zöpfen, worauf diese Angst bekommen wie vor einem Bettlakengespenst und fürchterlich zu weinen beginnen.

Überdies hatte sich die Wartehalle inzwischen mit meckernden und betrunkenen deutschen Touristen gefüllt. Auch sie sahen sehr dick und gut erholt aus, aber das alles hier entsprach nicht den Vorstellungen eines hart erarbeiteten Neckermann-Urlaubs. Und in einem Anflug weltmännischer Geschäftstüchtigkeit wurde der Unmut herausgeblasen: *Diese Osteuropäer müßten erst mal richtig lernen zu arbeiten wie wir.* Das Szenario bewog mich, die Toilette aufzusuchen. Hier fand ich einen wunderbaren Mehrzeiler auf dem Boden liegend, versehen mit einer Salamander-Sandaletten-Fußabdruck. Ein Poem, verfaßt in der Landessprache, den ich mittels eines Wörterbuches frei ins Deutsche übersetzte:

DER CHARTER DARF NICHT STARTEN

Der Charter darf nicht starten
die Gäste müssen warten
müssen schwatzen, popeln, Nägel kaun
aus der Toilette Seife klaun
was soll man auch erwarten

Der Flieger steht am Boden
ein Mann krault sich am Hoden
man kann noch zollfrei kaufen
Dunnhill rauchen, Whisky saufen
was soll man auch erwarten
Der Charter darf nicht starten

Respektvoll ziehe ich meinen Hut und sage: Gelobt seien diese Osteuropäer. Statt unfreundliche Touristen im Kaffee zu bedienen, denen man jegliche Verwendung des Wortes Hungers verbieten müsste, schreiben sie einfühlsame Gedichte. Gedichte, welche die Ungerechtigkeiten unseres Zeitalters zur Sprache bringen: warum die einen im Tourismus sich ergötzen und die anderen für diese Ergötzung schuften müssen.

Zurückgekehrt auf meine Bank, fühlte sich mein Sitznachbar zur Konversation bemüßigt und der Höflichkeit halber lieh ich ihm mein Ohr, und zwar das linke, aber nur zur Hälfte. Was ich hörte, erfüllte mich mit Grausen und ich fürchtete mich wie vor einem Bettlakengespenst. Er wandte sich unvermittelt zu mir und erzählte die Geschichte der argentinischen Sportmannschaft, die mit dem Flugzeug in den Anden abstürzte und - um überleben zu können - die eigenen Toten aßen. Nicht nur quälte mich wegen des zulässigen Gesamtgewichtes eine unbestimmte Flugangst, nun wußte ich auch, was mich im Falle meines Todes erwarten würde.

Um mich zu revanchieren, erzählte ich meinem korpulenten Sitznachbarn die Geschichte eines Mannes, der aus Eitelkeit im Anästhesieprotokoll 32 kg Körpergewicht unterschlagen hatte und während der OP, in der ihm das Bein amputiert wurde, aufwachte und vor Schmerzen verstarb.

Die nun eingetretene Ruhe nutzte ich für ein kleines Schläfchen, das von Sequenzen albtraumhaften Charakters durchsetzt war wie ein Gruselfilm. Mir träumte, ich sei in den

Anden und würde verfolgt von meinem Sitznachbarn, dem Pawlowscher Speichel aus den Mundwinkeln rann. Da ich über ein kurzes und ein langes Bein verfügte wie eine andalusischer Bergziegenbock, blieb mir nur, im Kreis um den Gipfel hoch zu flüchten, während mein Verfolger, mit einem Bratenmesser zwischen den Zähnen, den direkten Weg nahm. Oben erwartete mich eine Tante im Blümchenkleid, die an einem Speiseeis leckte; zu ihren Füßen sprang ein weinerliches kleines Mädchen mit Zöpfen. Dann verwandelte sich die Tante in eine Schildkröte auf deren Panzer zu lesen stand: *Folge mir!* Ich setzte mich auf die Schildkröte und rutschte auf ihr ins Tal, wo ein Anwalt auf mich wartete und mir bei Geldstrafe androhte, nie wieder Sequenzen aus den Geschichten Michael Endes in meinen Träumen einzubauen. Erst rüttelte er an meinen Schultern, dann klatschte mit der flachen Hand in mein Gesicht und rief: *Die Maschine, Sie verpassen Ihre Maschine.* Ich verstand nicht gleich, in welchem Zusammenhang eine Maschine mit Michael Endes Anwälten stand und wollte meiner Verwunderung darüber Ausdruck geben, bis ich schließlich aufwachte und in das verschwitzte Gesicht meines dicken Sitznachbarn blickte.

Ein Glück gibt's Glücksrad

von K.Lypse

Früher habe ich es oft gesehen. Damals, auf SAT 1. Dann lange nicht – und jetzt, dank der Urbana Telekommunikation und ihrer kompetenten Mitarbeiter, läuft es für mich auf Kabel. Alles ist anders. Alles ist neu.

(Wahrscheinlich wird mir aufgrund dieser kleinen Geschichte die GEZ einen Gebühren-Buster auf den Hals schicken, um meine letzten Angaben zu überprüfen, die da inhaltlich zu vermitteln versuchten, daß ich konsequenter Totalverweigerer gebührenpflichtiger Medien sei. Leckt mich, ihr winselnden Speichellecker! Anarchie im Alltag gegen Massenmedien!)

Noch immer dieselben Fressen: Frederic Meissner, aalglatt, sein Dauerwellen-Toupet zeitgemäß mit exakt 68% silber-grauen Strähnchen durchzogen und unser kleiner Softcore-Lümmel Peter Bond, akkurat im cremefarbenen Smoking und einem vom liften verzogenen Mund, der als Dauerlächeln verkauft wird.

Nur Maren Gilzer fehlt – und alle tun, als ob sie sie gar nicht vermissen würden.

Hatte Glücksrad früher Kultstatus, ist es heute auf den Dödel-Sendern mit Quoten unter dem Durchschnitt zu den beschissensten Zeiten zu sehen. Schuld daran sind die wie Pilze aus dem Boden schießenden Fließband-Quizshows mit Gewinnen bis zu 10.000.000 DM, die das Urgestein der Gewinnsendungen mit seinen nahezu lächerlichen Preisen ins Abseits drängeln.

Auch die Klientel hat sich dramatisch verändert. Früher hielten sich die ewigen Ostpocken im geistigen Leerlauf mit dem, was man unter „Otto-Normal" versteht etwa die Waage. Heute sitzen im Publikum nur noch Randgruppen: Rentner, Brandenburger und Behinderte, die zum Johlen und Klatschen gezwungen werden.

Die neue Buchstabenfrau ist genauso ein Superweib – ein echtes deutsches Frauenwunder – wie Maren Gilzer eins war, nur ist sie viel tougher und frecher. Ihr Name fällt mir jetzt nicht ein. Aber wer braucht schon einen Namen, wenn er so aussieht und es versteht, sich so selbstsicher vor der Kamera und neben gestandenen Entertainern wie Bond oder Meißner zu behaupten? Sie sagt viel mehr und fällt den zerknitterten Moderations-Kadavern schon mal ins Wort. Auch ihre Stimme klingt nicht so verkleistert wie die von Maren Gilzer. – Die moderiert ja jetzt eine Single-Show auf irgend einem Regionalsender. Da braucht sie bloß Namen und Charaktereigenschaften von kleinen Zetteln abzulesen, die sie aber immer wieder instinktiv umdreht und in die Kamera zeigt.

Es war ein gottverdammter Donnerstag im letzten Monat, an dem sich meine Fernbedienung genau auf Kabel 1 gnadenlos verklemmte.

Die Spielrunde, die ich sehen durfte, werde ich mein Leben nicht vergessen. Da waren drei Gäste: Angelika, Lutz und Annemarie.

Angelika, Steuerfachgehilfin aus Emden, 43. Sie sah, gemessen am restlichen Publikum, recht adrett aus und schien sich auch die Schuhbänder selbst zu schnüren. Lutz, 38, Familienvater, Gas- Wasser-Scheiße-Installateur und Häuslebauer aus weiß-nicht-wo, mit einer Brillenstärke jenseits der Skala, spielte sich schon beim Vorstellungsgespräch so nervös an den Kordeln seines Westovers, daß er sich beinahe erwürgt hätte. Letzten Endes: Annemarie! Sie war einfach nur ein optischer Schlag ins Gesicht. Mit ihren 52 Jahren, den wulstigen Oberarmen und ihrer kafkaesken Strohperücke wirkte sie wie ein ausgesonderter Schwamm aus der Sterbestation. Ihre Haut schien in etwa dieselbe Konsistenz wie das Innere eines überbackenen Camemberts zu haben. Sie hatte Poren, in die ein geschickter Autofahrer einzuparken vermochte, eine gigantische Brosche am Filz-Rolli, die das Konterfei eines polnischen Bettelpredigers zeigte und einen Sprachfehler, der ins Guinessbuch gehörte. Wollte sie ein „s" sprechen, kam ein „phw" und der Lutz neben ihr durfte sich die Brille wischen. Sie hatte kaum ein Kinn; wenn sie lachte, entblößte sie einen riesigen Zahnfleischwulst, aus dem als dünne, weiße Striche die Ahnung einiger Zähne durchschimmerten. Schuppen so groß wie Markstücke rieselten bei jeder wilderen Kopfbewegung herunter. Das Schlimmste an ihr war allerdings die Nase, die wirkte ein bißchen wie ein Nudelsieb oder ein Schnitzel mit Lochfraß, das zu lange in der Sonne gelegen hatte.

Keine Ahnung, wie sie es zur Kandidatin bringen konnte.

Meissner wirkte sichtlich angespannt. Ob das nun aber am zu engen Tangaslip, an der von seiner Frau erzwungenen Trennkostdiät oder ausschließlich an olle Annemarie lag, konnte nicht einmal er selbst mit Sicherheit sagen.

Ich war mir von diesem Augenblick an über zwei Dinge im klaren: das er seine Kandidaten gar nicht mehr richtig wahrnahm – Selbstschutz, Routine, geistiger Zerfall, was auch immer – und daß ich diese Sendung sehen müßte.

Unsicher suchte er immer wieder die richtige Kamera und kündigte die erste Runde an: „Bla, zu gewinnen, bla, aus der Rubrik „Lebensmittel", bla, viel Spaß, bla, Angelika beginnt..."

Er versuchte, seinen Blick auf Kandidatin 1 zu fixieren und sie schäkerte ganz offensichtlich mit ihm, denn die linke Brust fiel auf das Feld „Bankrott", als sie sich zum Drehen vorbeugte. Meissner, ganz Gentleman, half ihr beim Einpacken und griente unschuldig. Angelika, rot bis in die Haarwurzeln, beugte sich beim nächsten Versuch nicht so weit vor und schaffte es tatsächlich zu drehen. Das Rad kam auf der „300" zu stehen. „Ich hätte gern ein „T" wie Theodor!", sagte sie schnell und ein negatives „Möp!" ertönte. Meissner schüttelte bedauernd den Kopf und Lutz war an der Reihe. Auch er drehte eine „300" und bestellte ein „L", welches als erster Buchstabe angezeigt wurde. Aber schon im zweiten Anlauf ging er baden, denn das Rad verreckte auf „Aussetzen". Der Publikums- Manipulator hielt das Schild „OOOOOH!" in die Höhe und das Publikum machte „OOOOOH!". Nun also Annemarie. Sie freute sich und klatschte, bis Frederick ihr sehr galant zu verstehen gab, daß die Zeit lief. Sie erdrehte sich eine „500" und die Schuppen stoben in alle Richtungen als sie aufsprang und vor Glück laut schrie! Und sie tat es. „Ich hätte gern ein Ephw wie Phiegfried."

Meissner schluckte und sagte: „Also S, wie Phig..., äh Siegfried! Gut Annemarie, das gibt es." Ein „Pling" und das vorletzte Feld leuchtete auf. Das blonde Frauenwunder wackelte mit dem saftigen Arsch und drehte den Buchstaben mit einem Lächeln aus 1001 Nacht um. Annemarie klatschte wie ausgebrochen und das Publikum johlte auf Befehl des Animateurs. Sie wirbelte das Rad des Glücks ein zweites mal und Meissner verdrehte parallel die Augen, als der desolate Quotenkreis auf „Extra-Dreh" stehen blieb. Sie drehte nach einer Lach- und Johlattacke ein drittes mal und erkämpfte sich eine stattliche „800". „Ein R wie Richard!" gluckste sie und an fünfter Stelle machte es „Pling" und das Feld leuchtete auf. Als nächstes folgte ein „K" für 600 DM. Sie war rot angelaufen und schwitzte unter ihrem Filzrolli, als sie ein „E" kaufte. Dann stand dort „LE_ERK_SE" und Annemarie grübelte.

„Ich habe eph vor meinem geiphtigen Orbit!", fabulierte sie nervös und schaute bittend auf Meissner. Der murmelte etwas von „die neue Miss Bildung dieser Sendung" und lachte dann irgendwie unecht in die Kamera, auf seiner Stirn verräterische Tröpfchen eines beginnenden Wahnsinns. Lutz und Angelika bissen beinahe ins Glücksrad und die Brille von Lutz begann zu beschlagen. Meissner schien nervöse Zuckungen zu bekommen und man hörte den Sprecher vom „Hot-Shop" mit schwerer Zunge: „Was ist das denn für ´ne uranverseuchte Ostpocke!" durchs Studiomikrofon geiern. Dann brüllte er vor lachen über seinen eigenen Witz.

Annemarie legte die schwitzige Hand ans Rad und drehte wie in Zeitlupe. Das Rad blieb auf der „1000" stehen. „Ein „H" wie, äh, „Huhu!" hätte ich gern!"

Ihre Stimme zitterte. „Möööp!" machte das Signalhorn.

Man konnte aus einer ungünstigen Kameraperspektive sehen, wie Meissner in gleichen Abfolgen seinen Kopf auf die Platte seines Rednerpultes schlug. Das Frauenwunder ohne Namen versuchte die Situation zu retten, indem sie etwas von dem Nutella erzählte, das auf ihrem Nachttisch stand und womit sie sich jeden Abend ihr Brötchen beschmierte. Das Publikum johlte nun ohne Animateur. Der war längst hinter der Kulisse verschwunden und besoff sich mit Jägermeister. Meissner schlug immer noch den Kopf auf die Platte und Lutz versuchte, Angelika die Brust aus der weit geschnittenen Bluse zu ziehen, während ihm das Kondensat von den Gläsern tropfte. Annemarie stand da und starrte wie paralysiert auf die Anzeigetafel. Miss Buchstabe tanzte und sang das Celine-Dior-Titanic-Lied in die Kamera, wahrscheinlich in der Hoffnung, von einem besser dotierten Sender entdeckt zu werden. Lutz hatte die Brust von Angelika zu fassen bekommen und Angelika schien es nun nichts mehr auszumachen, denn sie stimmte in den Gesang der Buchstabenfrau ein und legte sich barbusig ins Zeug wie ein alter Tutti-Frutti-Profi. Die Tischplatte war blutverschmiert und Meissner lag bewußtlos am Boden. Annemarie schrie: „Aber ich hab doch einen Extra-Dreh! Aber ich hab doch einen Extra-Dreh!" und ließ Schnee-Schuppen rieseln. Plötzlich kamen einige Security-Leute, schlugen auf das brüllende Publikum ein und Peter Bond, noch nicht ganz fertig toupiert, kam feist lachend herein, entriß den beiden ausgeklinkten Frauen das Mikro, ließ es sich dabei aber nicht nehmen, an die ansehnlichen Brüste von Angelika zu grabschen und einen lustgetriebenen Homer-Simpson-Blick aufzusetzen.

„Liebes Publikum, liebes Publikum.... kleiner Aussetzer meines Kollegen", rief er ins Publikum, „aber wir wollen doch fair bleiben, denn Annemarie hat noch einen Extra-Dreh!" Langsam beruhigten sich die Anwesenden und die Kandidaten fanden sich wieder auf ihren Plätzen ein. Lutz war besabbert und Angelika glättete sich die Fönfrisur mit seinem Speichel. Peter Bond wischte mit dem Ärmel seines Sackos das Blut vom Sprecherpult und grinste in die Kamera.

Annemarie setzte ihren Extra-Dreh. Sie kam auf eine „500". „Na Annemarie? Welchen Buchstaben hätten wir denn gern?" Peter Bond motivierte diskret und doch bestimmt. Annemarie stotterte und bekam Blasen am Mund. „Annemarie... die Zeiheit!"

„Ich, äh, kaufe ein, äh, Eph wie Phiegfried! – Ach nein!" –

„Mööööp!" machte das Signal und Angelika, beide Brüste wieder eingetütet, drehte eine „150", kaufte ein „B" und löste: „LEBERKÄSE".

...

Ein Glück gibt's Glücksrad. Man muß ab und an einfach mal wissen, wie gut es einem selbst geht, aber nicht zu lange – und diese Sendung bietet sich als absolutes Therapie-Programm an. Es ging nahtlos in die Werbung und ich ging schlafen.

Nachwort für alle, die es interessiert: Peter Bond bedankte sich im Nachhinein bei allen, die ihm in seiner Krisenzeit (sie wissen schon: die Aufdeckung seiner Vergangenheit als Softporno-Darsteller) *die Stange gehalten* haben!

Brühgeburt

von Sebastian Sonnenstrahl

Es war ein feuchter Morgen im Herbst. Die Nässe hing in der Luft wie erstarrte Regentropfen und es roch bedrückend nach Qualm, denn der Nebel quetschte die Schwaden aus den Schornsteinen herunter auf die Erde. Die Sonne glimmte durch die Wolken wie eine alte Gaslaterne. Autos zischten durch Pfützen und hin und wieder wirbelte eine Zeitung durch eine Seitenstraße, als wollte sie ihre Nachrichten in aller Welt verkünden.

Mitten in dieser Trostlosigkeit nun, stand ein Mensch, der etwas wirklich komisches an sich hatte. Ein Kostüm. Ein Kostüm, das ihn zu einem Produkt machte. Zu einem riesigen Brühwürfel. Er war ein gelblich grüner Brühwürfel auf gelblich grünen Beinen mit einem großzügigen Guckloch, aus dem sein menschliches Gesicht herausstach, wie ein runzliger Altersfleck. Seine zitternden Hände umfaßten ein paar klamme Werbezettel. Er sah irgendwie zum Schießen aus.

Nur eine Winzigkeit störte an ihm, sie war vielleicht geringfügig, aber sie störte: Daß *ich* dieses Stück Menschlein war, das da in dem Kostüm steckte.

Ich war ein Suppenklumpen geworden. Eine aufgequollene Pappmaché-Masse, die ein Nahrungsmittelkonzentrat repräsentierte und nur sprechen durfte, wenn sie gefragt wurde.

Ich habe sehr oft Alpträume, in denen ich in der S-Bahn sitze und keine Kleidung trage. Es ist absurd, aber gleichzeitig auch unglaublich beängstigend, denn Fakt ist, man sitzt nun mal splitternackt in der S-Bahn - wie man dort hingekommen ist, ist in diesem Moment eher zweitrangig.

Jetzt aber weiß ich, daß es noch viel schlimmer ist, wenn man *genau* weiß, wie man dort hinkam. Wie man erhobenen Hauptes in diese Werbefirma spaziert war, in der es nach Karton, Ozonschicht und Zigarre roch, nichtsahnend, daß man sie gesenkten Hauptes wieder verlassen wird. Es ist surreal, noch genau zu wissen, wie man den Vertrag unterschrieb, der einen als Brühwürfelmonster mitten auf dem Wittenbergplatz enden ließ.

„Du weißt schon, daß du ein Kostüm tragen mußt?" hatte mich

der gegelte Anzugträger gefragt, der roch, als würde er über 30 Deodorantfirmen in Vertrag haben, die er alle gleichzeitig zufrieden stellen wollte. Sogar sein Atem erinnerte an Duftbaum.

„Jaaa, natürlich", antwortete ich und dann floß mein Name aus dem Füller heraus unter meinen Seelenvertrag. Die 9,50 DM die Stunde waren mir sicher. Mein erstes eigenes Geld. Ich war der Größte.

Und erst dann *sah* ich das Kostüm. Ich dachte zuvor immer, es gäbe nur einen Sehschlitz, eine kleine Luke, aus der nur meine Augen von einem menschlichen Wesen in dem Brühwürfel zeugen würden. Statt dessen prangte da ein kreisrundes Loch, durch das ein ausgewachsenes Schaf gepaßt hätte. Es war ein gigantisches Loch, im Vergleich zum Kostüm. Mir wurde schlecht. Noch nie zuvor hatte ein Loch mir meine junge Existenz verdorben.

Ich konnte nichts sagen, ich konnte kaum atmen, gelähmt schwebte ich nach Hause und kapselte mich von der Realität ab.

Abends im Bett weinte ich ein bißchen ins Kopfkissen, während vor meinem Fenster Laternen in der kalten Nachtluft dampften.

Zwei Tage später war der Morgen gekommen.

Es war noch dunkel und ich stand eine viertel Stunde lang vor einem verschlossenen Tor mitten in Kreuzberg und fragte mich frierend, warum ich nur gekommen war. Ich hätte mich krank melden oder mir in den Fuß hacken sollen. Es war schrecklich. Überall waren Geräusche. Es machte mir Angst.

Dann kam der Werbemann angefahren, den ich inzwischen aus lauter Verzweiflung „Deo Waigel" getauft hatte, um mir aufzuschließen. Als wir im verlassen Büro standen, passierte es.

„Du hast dir ´nen Bart stehen lassen, hm?"

Mist, es war ihm aufgefallen. Ich hatte es als letzten Ausweg angesehen, um im wahrsten Sinne des Wortes mein Gesicht zu wahren.

„Hm-hm!" machte ich nur kurz und vermied es, ihm in die Augen zu blicken.

„Das geht aber nicht, das weißt du schon!"

„Und wieso nicht?" fragte ich im Einpacken.

„Weil Brühwürfel nun mal keine Bärte haben. Das weiß man

doch. Du erschreckst ja die Kinder!"

Ich wollte entgegenbringen, daß ein watschelnder Haufen Brühpulver, der größer ist als man selbst, für mich als Kind schon vollkommen ausgereicht hätte, um mir ein ordentliches Trauma zu verpassen. Wenn das Ding zudem noch einen Bart gehabt hätte, wäre das, glaube ich, kaum mehr ins Gewicht gefallen.

„Also mach ihn bitte ab, kuck mal im Bad nach, da liegt ein Rasierer!"

Ich gehorchte, ging ins Bad und entfernte meinen Bart. Ich beschloß, dieses akustische Wortspiel zu speichern, mehr konnte ich für das arme Ding nicht tun. Lachen oder gar schmunzeln erschien mir in diesem Moment unheimlich abstrakt.

So stand ich im Badezimmer und schaute mir dabei zu, wie mein Gesicht hinter den kläglichen Bartstoppeln wieder zum Vorschein kam, so, als würde man sein eigenes Antlitz aus dem Sumpf ziehen.

Alles lief ohne Ablenkung auf meine Erniedrigung zu.

Diese Momente sind eigenartig. Man nimmt viel mehr Details wahr, wenn man Angst hat, wenn man dem Schmerz entgegensieht. Im Krankenhaus oder vor Familienfesten, man macht die Augen irgendwie weiter auf und auch die Ohren. Die Neonröhren summten zweitonig. Der Spiegel war einmal ausgewechselt worden. Die Fugen zwischen den Kacheln unsauber.

Dann war der Bart ab, und ich konnte zur Arbeit fahren. Deo Waigel fuhr mich zum Wittenbergplatz, er mußte sich dort noch mit jemanden treffen. Dieser Gedanke machte alles noch viel schlimmer. Ja, es ging noch schlimmer. Ich stellte mir vor, wie sich zwei Anzugträger treffen und einer davon auf mich zeigt: „Der da, der ist aus meiner Firma! Schau ihn dir an!" Dann lachen sie und gehen zusammmen einen Don Pérignon trinken.

Ich biß mir auf die Lippen, um nicht zu ächzen.

Wir hörten Mozart, der aus Lederboxen quoll und sprachen kein Wort. Ich war nicht würdig dazu. Er tat mir einen Gefallen, den ich mit Schweigen wertschätzen sollte. Was hätten wir auch schon reden sollen?

„Du wirst heut´ ein Brühwürfel sein, mein Junge, aber nicht irgendein Brühwürfel. Du bist ein Brühwürfel der Firma

Suppentraum, weißt du das?" „Ja, Sir!" „Dann sag es!" „Ich bin ein Brühwürfel von Suppentraum, Sir!" „Das hab ich nicht gehört, Junge!" „ICH BIN EIN BRÜHWÜRFEL DER FIRMA SUPPENTRAUM, SIR!!!" „Richtig, verdammt noch mal, du wirst deine Sache gut machen! Verdammt gut, du spürst doch den Willen in Dir!" „Ja, der Wille, Sir. Der Wille, ein Brühwürfel der Firma Suppentraum zu sein, Sir!"

Da war Schweigen irgendwie besser.

Dann waren wir da. Es war soweit. Es gibt viele Momente im Leben, von denen man nie glaubt, daß sie einmal eintreten werden. Auch wenn man sie direkt vor sich hat, auch wenn man sich jede Sekunde seines Lebens damit beschäftigt, sie bleiben einfach so lange irreal, bis man mitten in ihnen drin steckt.

Ich wurde aus dem Auto gelassen. Es roch nach Abgasen. Wie die Wilden sausten die an uns vorbei. Der Kofferraum ging auf.

Deo half mir sogar beim anziehen, aber er schaute woanders hin. Als ich fertig war, drückte er mir den Stapel Zettel in die Hand und fuhr weg, obwohl er sich doch hier mit jemanden treffen wollte. Er hatte nicht einmal „Viel Glück!" oder so etwas gewünscht. Jetzt war ich allein. Der einsamste Brühwürfel der Welt. Und wahrscheinlich der lächerlichste. Es war wirklich passiert.

Ich war nun kein Mensch mehr, ich war mutiert.

Ich wußte, was auch immer ich von nun an tue, was auch immer ich von nun an sagen werde, wie herzerfrischend ich auch immer zu den Leuten bin, man wird mich von nun an nur noch auf einen übergroßes Stück Rinds-Bouillon reduzieren. Mir war alles genommen worden.

Wofür die Evolution Millionen Jahre unter den größten Anstrengungen gekämpft hatte, war mit einem Schlag weg. Ich war allen unterlegen, die mich an diesem Tag treffen würden. Jedes atmende Wesen auf diesem Planeten, jeder Hund, der mich beschnüffelte, jede Taube, die auf mich kackte, alle standen sie über mir. Ich war Abschaum geworden. Der Straßendreck am Fuße der Gesellschaft.

Wie gern wollte ich das Kostüm abwerfen und frei sein. Wie sehr sehnte ich mich nach den Tagen, an denen ich normal war. - Wie sehr man sogar das eklig-dröge vermißt, wenn es nicht mehr da ist... -

Ich schlurfte zum Mittelpunkt des Platzes. Ich hätte wirklich fliehen können, hätte alles von mir streifen und die Zettel in einen Papierkorb werfen können. Aber der Werbefuzzi war weggefahren. Und ich nahm an, das hatte er mit Absicht gemacht. Er stand jetzt irgendwo da drüben. Er hatte ein Fernglas in der Hand und ein Clipboard auf dem Schoß. Er machte sich Notizen, er beobachtete mich. Ich war ein Gefangener, mitten auf einem großen Platz.

Ich rieb mir die Augen und versuchte, mich zusammenzureißen. Da kam auch schon der erste Mann angelaufen. Sein Gesicht war in Falten gelegt, ein typisches Sprühregengesicht. Ich hielt ihm den Zettel vor die Brust. Er blieb abrupt stehen und sah aus, als wenn er mich schlagen wollte. Ich schreckte zurück und zog den Zettel wieder an mich heran. Dann ging der Mann weiter. Ich blickte ihm getroffen nach. Mir war kalt. Und mir war wieder schlecht.

Schon nach wenigen Minuten wurde der Platz belebter. Menschen gingen zur Arbeit. Ich brauchte da nicht hin, ich war ja schon da. Wie sehr ich sie beneidete.

Sogar die Schüler, die an diesem Tag eine Klausur schreiben würden. Eine Jahresendprüfung. Sie fürchteten sich davor, aber sie wußten nicht, daß sie sich nur vor dem Ergebnis fürchteten, nicht aber vor der Prüfung an sich. Bei mir war es anders, bei mir war die Bestrafung direkt in die Handlung eingebettet.

Menschen zogen vorüber. Sie schauten mich nicht wirklich an. Ich glaubte, Bedauern auf ihren Gesichtern sehen zu können. Kein Mitleid, nur Bedauern. Ich wünschte, sie würden aussehen, als wenn sie mich schlagen wollten. Das hätte mir besser gefallen, als dieses Bedauern. Ich hatte Schläge verdient. Ich hätte mich nicht gewehrt.

Man schaute einmal auf die Zettel und warf sie weg. Vielleicht lag es daran, daß ich nicht lächelte. Ich konnte es nicht. Und eigentlich mußte ich es auch nicht. *„Brühwürfel lächeln nicht. Du erschreckst ja die Kinder!"*

Es zogen die schönsten Mädchen des Planeten vorüber, ich drehte mich rechtzeitig weg. Irgendwann waren sie überall und ich rotierte hin und her, wobei ich manchmal fast das Gleichgewicht verloren hätte. Ich fürchtete mich vor dem Moment, in dem ich hinfallen würde. Ich würde auf dem Rücken liegen, meine Beine kreiselnd, niemand würde mir aufhelfen.

Man würde nur einen noch größeren Bogen um mich herum machen. Wer sich so verkleidet und so dämlich rumhüpft, hat nichts anderes verdient.

Es wurde Mittag, die Zettel waren kaum weniger geworden, ich mußte pinkeln. Eine Horde Jugendlicher näherte sich lauthals vom KDW und ich flüchtete panisch und wackelnd über den Platz zu einer Baumgruppe hinüber. Einige hatten mich gesehen. Sie lachten sich kaputt und äfften meinen Gang nach. Dann waren sie weg.

„Junger Mann!" schnappte eine Mitfünfzigerin hinter mir. Ich drehte mich um. Sie war fett und trug ein Halstuch mit blauen Mustern. „Können Sie bitte zur Seite treten, ich bin gehbehindert!" Ich befolgte es ohne Gegenwehr. „Noch weiter, wie soll ich denn da vorbeikommen?"

Ich trat noch weiter zurück, meine Unterlippe schob sich leicht nach vorn. Ich konnte nichts dagegen tun. Sie lief an mir vorbei.

„Das liebe ich ja, wenn die Leute sich mitten in den Weg stellen. Das mag ich ja besonders!"

Kurz vor dem Ende des Platzes wich sie geschickt einem Radfahrer aus und umschiffte dabei einen Begrenzungspfahl. Was sollte ich dazu sagen? Ich hoffte nur, *ich* werde nicht so.

Gegen Zwei kam ein junger Herr auf mich zu und fragte, was ich hier mache. Ich erzählte ihm von meiner Aufgabe. Er sagte, ich soll doch bitte da hinten weitermachen, er möchte nicht, daß so ein viereckiger Kotzbrocken vor seinem Copyshop rumrennt.

„Das ist ein Brühwürfel!"

„Ist mir egal, was das ist! Ich will, daß du hier verschwindest!" Ich hätte mich mit ihm streiten können. Ich hätte Kluges erwidern können, aber viereckige Kotzbrocken können vielleicht klug reden, aber nie klug wirken. Ich trottete davon. Bis zum Abend zog ich noch den Zorn eines langhaarigen Palituch-Trägers auf mich, weil der von der Firma Suppentraum im *Spiegel* gelesen hatte. Wie kann man das nur unterstützen, was ich denn für ein hirnloser Zombie sei. Ich wußte von nichts.

Kurz vor Feierabend kam die gehbehinderte Frau wieder, ihre Augen sprühten, als ich mich zu ihr herumdrehte.

Ich stand ihr im Weg. So was liebt sie ja! Vorhin war sie da drüben lang gegangen.

Als ich dann wieder abgeholt wurde, sprachen wir wieder

nicht. Ich weiß nicht, ob ich etwas hätte sagen können, ohne dabei in Tränen auszubrechen.

In der Firma gab er mir das Geld. Er streckte mir die Hand entgegen, ich schüttelte sie eilig und war im Kopf schon lange fort. Ich unterdrückte das Verlangen, schreiend aus der Firma zu rennen. Ich riß mich zusammen und umklammerte das Geld in meiner Hand. Das Geld, es zählte nur das Geld!

Manchmal denke ich heute, ich hätte es für einen Therapeuten ausgeben sollen.

EIN SPIEL FÜR JASMIN

von Lars

Es war Winter und damit bereits am Nachmittag dunkel. Wir saßen in der S-Bahn, und ich versuchte, mich mit Jasmin zu unterhalten. Ihren Antworten waren kurz, hatten viele Pausen und brachen teilweise ganz ab. Sie war woanders – nicht bei mir. Sie hatte den Arm auf dem Fensterbrett ausgestreckt, die Wange lehnte an ihrer Schulter. Ihre Augen, die ich nur als Spiegelbild in der Scheibe sah, waren verträumt und sehnsüchtig. Sie schaute aus der Bahn und in die erleuchteten Fenster der Wohnungen, an denen wir vorbei fuhren. Ich wußte genau, was jetzt in ihr vorging. Sie wollte einen Blick in das Leben dieser Menschen werfen, anhand des kurzen Ausschnittes, den sie sah, das ganze Bild rekonstruieren. Es machte ihr Spaß, die Geschichten dieser Leute zu finden. Erfinden, würde ich sagen. Aber sie meinte, wer sucht, der findet und erfindet nicht. Ich schmunzelte, und wie immer merkte sie es, ohne mich anzusehen.

„Na, woran denkst Du?" fragte Jasmin mit immer noch versonnenen Augen.

„Was hältst Du von einem Spiel?"

Jasmin war wieder bei mir. Um die Zeit mit ihrer Aufmerksamkeit zu dehnen, ersann ich immer neue Regeln und Stück für Stück erfand ich ein ganzes Spiel.

Am folgenden Sonnabend saßen wir in unserer Küche. Bis jetzt war alles nur ein Gedankenspiel gewesen, aber Jasmin fand die Idee richtig gut. Und ich? Nun, es war mein Einfall gewesen, und ich sonnte mich in der Bewunderung, die ich hinter Jasmins Enthusiasmus vermutete.

Sie las mir Immobilienanzeigen aus der Zeitung vor. Wir suchten nach Inserenten, die einen Nachmieter zu finden versuchten. Nur wenn die Räume noch eingerichtet waren, machte das Spiel Sinn. Wir würden so tun, als besichtigten wir Wohnungen, doch wir würden die Leben besichtigen, ihre Geschichten finden wollen.

Danach würden wir uns irgendwo in der Nähe zusammensetzen und uns Stück für Stück ein Bild von den Fremden machen, die wir gerade besucht hatten. Derjenige, der die meisten Puzzleteile auf den Tisch legen konnte oder dessen Teile das glaubwürdigste Bild ablieferten, sollte gewonnen haben. Jedes Mittel sollte dabei erlaubt sein – solange die Tarnung nicht aufflog. Das war die wichtigste Regel.

„Worum spielen wir?", fragte ich. Jasmin zuckte mit den Schultern und wandte sich wieder den Anzeigentexten zu.

„Was hältst Du davon, wenn der Verlierer morgen Abend was Schönes kochen muß?" schlug ich vor.

„Und abwaschen", ergänzte Jasmin mit einem kleinen Grinsen und war einverstanden.

Am nächsten Morgen gingen wir zu unserer ersten Besichtigung. Jasmin fröstelte an diesem milden Wintertag. Sie war aufgeregt, aber außer mir hätte das keiner bemerkt.

„Meinst Du, daß wir das wirklich machen können?" zweifelte sie und hielt an, um mit mir zu diskutieren.

„Warum nicht? Was ist dabei?" tat ich überrascht.

„Ich habe das Gefühl, das ist so eine Sache, die man eigentlich nicht macht: andere ausspionieren!" sagte sie.

„Aber wir besichtigen doch nur eine Wohnung und die Leute haben uns sogar eingeladen", erwiderte ich.

„Ich weiß, eigentlich ist nichts dabei", druckste Jasmin herum.

„Für solche Ideen gibt es keine Regeln", beruhigte ich sie, „das macht sie so reizvoll."

Jasmin jedoch war sich sicher, daß ihre Mutter sie dazu erzogen hätte, so etwas nicht zu tun, wenn sie sich nur im entferntesten hätte vorstellen können, daß irgendjemand, oder gar ihre Tochter, auf diese Idee kommen könnte.

„Es ist doch nicht Deine Idee gewesen", versuchte ich Jasmin noch einmal zu beruhigen, als würde sie sich wirklich vor ihrer Mutter rechtfertigen müssen. Ich weiß auch nicht, warum ich plötzlich so sehr an der Idee hing. Wahrscheinlich, weil es meine war. Ich selbst beruhigte mich damit, daß wir den Leuten ja keinen Schaden zufügen würde. Die brauchten bloß eine Wohnungsbesichtigung mehr zu ertragen, und wir würden die Informationen schon nicht gegen sie verwenden oder etwa ein Buch daraus machen. Wo war das Problem?

Als wir an der ersten Wohnung klingelten, hatte ich trotzdem schwitzige Hände. Wir wurden mit einem fragenden Blick von einer Frau Mitte zwanzig empfangen. Ich unterzog unsere Erscheinung noch einmal einer schnellen Kontrolle. Wie sehen normale Wohnungsbesichtiger aus? Nichts, was ich mir vorstellen konnte, war unnormal genug, außer vielleicht eine erhobene Axt zur Begrüßung.

Wir traten ein, und die Frau, die uns geöffnet hatte, zeigte uns kurz die Räume und wandte sich dann schnell wieder den anderen Besichtigern zu. Wir waren ungestört. Drei Zimmer – drei Personen. Das war die erste Information. Uns selbst überlassen schlenderten wir durch die Wohnung.

Ich hatte einen Zollstock mitgebracht, weil ich fand, daß würde glaubwürdiger wirken. Ich begann am Bücherregal eines Zimmers entlang zu messen. Nenn mir die Bücher, die du liest, und ich sage dir, wer du bist. Einer von den schlauen Sprüchen, die bis auf alle Ewigkeiten in meinem Kopf hängen bleiben werden. Einer von den Sprüchen, bei denen ich nicht mehr weiß, ob ich sie mir nur selbst zusammengereimt habe, oder ob es jemand wirklich Kluges war.

Ich fing an, die Werke zu studieren. Jasmin hingegen spazierte einfach nur umher. Wie konnte sie die Zeit so verschwenden? Wahrscheinlich wähnte sie sich siegessicher, weil sie ja die große Geschichtenfinderin war. Aber ich wußte, ich konnte sie schlagen. Ich sammelte akribisch Informationen. Daß ich mit den Zähnen knirschte, merkte ich erst, als ich mich über das Geräusch wunderte.

Als die anderen Besichtiger gegangen waren, kam die Frau, die uns geöffnet hatte, wieder auf uns zu. Ich sah vom Bücherregal auf und war etwas in Verlegenheit.

„Schön hell!" sagte ich schnell nach einer kurzen Pause, „aber bekommt man den Raum auch geheizt?" Die Frage, mit der ich jetzt herausplatzte, hatte ich mir bereits zu Hause für solche Fälle zurechtgelegt. Ich erntete einen besorgniserregenden Blick – nein zwei, denn auch Jasmin sah mich halb vorwurfsvoll, halb verständnislos an. Es entstand eine Pause. Die Stille dehnte sich bedrohlich aus und mit ihr die Zeit. Wir waren aufgeflogen. Ich senkte den Kopf. In Zeitlupe bildeten sich mehrere Schweißtropfen zwischen den leider spärlichen Barthaaren auf meiner Oberlippe. Vorsichtig schaute ich zur Tür, und schon diese Kopfbewegung dauerte Minuten.

Dann begannen die beiden Frauen, sich zu unterhalten, als würden sie sich noch aus der Schulzeit kennen, und die Zeit lief wieder im normalen Takt. Wie machen die anderen das bloß, so unkompliziert miteinander ins Gespräch zu kommen? Jasmin war jetzt im Vorteil. Sie konnte einfach fragen. Na und! Um so ungestörter konnte ich weiter nach Informationen fahnden. Immerhin galten die Spielregeln auch für sie. Auch bei ihr mußte es immer so aussehen, als würde sie sich für die Wohnung interessieren und nicht für die Bewohner.

Während sie sich die beiden Frauen also unterhielten, inspizierte ich weiter die Wohnung. Ich vermaß einfach alles - Fensterbretter, Teppichkanten, Regale, Türhöhen, Heizkörper. Mit dem Zollstock in der Hand betrachtete ich dabei Musiksammlungen, die Bilder an der Wand und alles, was sonst noch herumlag. Auch auf die Schreibtische warf ich einen Blick, nur genauer in den Unterlagen nachzusehen, wagte ich nicht.

Zwischendurch stellte ich einfach ein paar handwerkliche Fragen.

„Woraus ist der Zwischenboden gebaut?", „Habt ihr die Dielen selbst abgezogen?" - ich versuchte, das Männer-Klischee zu bedienen, in das ich hoffte, eingeordnet worden zu sein. Das fiel mir nicht so schwer.

Jasmin schien sich richtig gut zu unterhalten. Die beiden Frauen saßen jetzt bei einem Kaffee in der Küche und sprachen über irgendeine Kunstausstellung. Es machte fast den Eindruck, als hätte Jasmin unser Spiel vergessen. Aber ich durfte sie nicht unterschätzen.

Zum Abschluß wurden wir gebeten, einen Bewerberbogen für die Hausverwaltung auszufüllen. Damit hatte ich nicht gerechnet. Dazu gab es keine Absprachen. Ich hätte wirklich Angst gehabt, Informationen über uns preiszugeben und versuchte, den absurden Gedanken an eine Anzeige wegen unerlaubter Wohnungsbesichtigung aus niederen Beweggründen zu verdrängen. Aber Jasmin füllte den Bogen einfach aus.

„Ausgleichende Gerechtigkeit", sagte sie draußen lachend.

Wir fanden ein Straßencafe gleich in der Nähe. Es war noch leer. Aber immer wenn die Kellnerin mit den schaumigen Milchkaffees an unserem Tisch vorbei kam, war ich lieber still.

„WG, 3 Zimmer, 3 Frauen," begann Jasmin und ich stimmte zu, obwohl die Information trivial war. Hätte nicht der typische WG-Haushaltsplan in der Küche hilfsbereit über die

Frauennamen Auskunft gegeben, hätten es auch die Zimmer verraten. Sie hatten diesen weiblichen Charakter von Unordnung. Sie sind nicht wirklich aufgeräumt, aber das Chaos ist harmonisch. Jeder noch so achtlos liegengelassene Gegenstand fügt sich in ein passendes Gesamtbild. Die meisten Männerzimmer, die ich kenne, sind einfach nur chaotisch oder pedantisch sortiert.

„Steffi, Michaela ...", begann Jasmin, „... und Anne", ergänzte ich schnell, um nicht wertvolle Punkte kampflos preiszugeben. Jasmin fuhr fort:

- „Mit Steffi habe ich die ganze Zeit gequatscht. Die wohnt in dem großen Zimmer neben der Küche. In welchem Zimmer die anderen wohnen, weiß ich nicht genau. Wahrscheinlich sind alle so Mitte zwanzig... ."

Ich ärgerte mich, daß ich nicht genauer in den Unterlagen auf den Schreibtischen nachgesehen hatte. Dann hätte ich jetzt vielleicht punkten können.

„Alles Studentinnen", ergänzte Jasmin, „das habe ich im Gespräch rausgehört. Wir haben uns übrigens total nett unterhalten..."

„Welche Studienrichtungen?" fragte ich triumphierend.

„Geschichte oder Kunst oder so was", meinte Jasmin. Das war schon nicht schlecht. Doch jetzt sollte sich mein Bücherstudium als sinnvoll erweisen.

„Theologie", trumpfte ich auf, „alle drei."

Ich bekam die Büchertitel nicht mehr vollständig zusammen. Aber die Anzahl der Bücher, die sich mit theologischen Themen, Kirchengeschichte und Ähnlichem befaßten, sprengte ganz deutlich den Hausgebrauch des allseits interessierten, aufgeklärten Studenten. Zusätzlich waren an den Wänden in Küche und Flur, in den Zimmern, an den Fenstern - einfach an jeder freien Stelle - Zettel verschiedenster Formate befestigt, die Bibelzitate enthielten. Die Hausarbeiten auf den Schreibtischen hatten sich mit religiösen Themen beschäftigt. Auch die Bilder an der Wand bezogen sich auf die Bibel und selbst ein Kalender, der auf den ersten Blick wie ein Kalender mit Bildern einer Rockband ausgesehen hatte, erwies sich bei näherem Hinsehen als die moderne Fotoadaption von 12 Bibelszenen. Wo hatte Jasmin nur ihre Augen gehabt?

„Warum wird die WG aufgelöst?" wollte ich von Jasmin wissen. Sie zuckte mit den Schultern.

„Weil Steffi mit dem Studium fertig wird", sagte ich und konnte mir einen belehrenden Unterton nicht verkneifen. Der Anfang ihrer Examensarbeit hatte mit der Gliederung obenauf auf ihrem Schreibtisch gelegen. Ein benutztes Paar Ohropax zeugte von konzentrierter Arbeit. An der Wand hing ein von Studienkollegen gebasteltes Plakat mit vielen Unterschriften, welches sinngemäß sagte: Studium vorbei, jetzt kommt das richtige Leben. Wie sieht das richtige Leben für Theologen aus, hatte ich mich gefragt.

Anhand der Fotos, die in den Zimmern hingen, zählte ich auf, welche der Frauen einen Freund hatte, und was dieser für einen Eindruck machte, aus welcher Stadt sie ursprünglich kamen und wo sie überall schon im Urlaub waren. Dann wollte ich noch anfangen, CDs und Kassetten aufzuzählen, über den jeweiligen Musikgeschmack zu referieren und dann weitere Rückschlüsse auf die Charaktere ziehen, aber Jasmin winkte ab.

„Du hast gewonnen", meinte sie und schlürfte den Milchkaffee aus der großen Schale, so daß ich ihr Gesicht nicht sehen konnte. Sie schien irgendwie die Lust verloren zu haben an einem Spiel, daß ich nur für sie erfunden hatte.

„Was ist los?" fragte ich Jasmin. Sie schüttelte langsam den Kopf.

„Ich finde, du warst irgendwie respektlos", sagte sie. „Du nimmst das zu ernst."

„Was?" Ich war verblüfft. „Ich habe mich nur an unsere Spielregeln gehalten. Das war doch das, was du dir immer wünscht, wenn du die Leute beobachtest, oder?"

„Hm, vielleicht...", antwortete Jasmin, stocherte mit dem Löffel im restlichen Schaum des Milchkaffees herum und setzte den Satz nicht mehr fort. Trotz des Erfolges war meine anfängliche Euphorie deutlich gedämpft. Eventuell sollte ich sie beim nächsten mal einfach gewinnen lassen.

An diesem Tag besichtigten wir noch eine zweite Woh-nung, Jasmin wollte mich erst überreden, es bleiben zu lassen. Aber ich sagte, daß wir die Leute nicht einfach sitzen lassen könnten.

Es handelte sich um die Wohnung eines Paares, aber nur der Mann war anwesend. Der machte sich auch keine Mühe, seine beschissene Stimmung zu verbergen. Sie hätten sich gerade getrennt, nachdem sie vor drei Monaten in die erste gemeinsame Wohnung gezogen waren. Ich schluckte und schaute zu Jasmin. Sie erwiderte böse meinen Blick, und ich fing wieder an zu schwitzen.

Ohne große Worte liefen wir durch die Wohnung. Die verliebten Fotos, das Doppelbett, die gemischte Bestückung der Badezimmerregale (ein Drittel er, zwei Drittel sie) – normalerweise Boten gemeinsamen Glücks – ihnen waren die Zähne aus dem verliebten Lächeln geschlagen. Zahnlose kleine Glücksbotenmonster, Symbole schmerzlicher Erinnerungen.

Das ganze Szenario machte mir Angst. Ich sah immerzu nach Jasmin. In meinem Kopf lief ein Film Endlosschleifen. Ich bin in unserer ausgeräumten Wohnung, zeige die Zimmer einem unbedeutenden Dritten, und Jasmin schlägt die Tür hinter sich zu. Mit dem Spiel heute wollte ich die Wahrscheinlichkeit für so eine Szene senken, jetzt sah es so aus, als hatte ich sie eher erhöht. Warum?

Diesmal kam mir der Gesprächspart zu, so von Mann zu Mann. Von Handwerker zu Handwerker, auch wenn es dabei kaum um Handwerkliches ging. Zumindest nicht im klassischen Sinne. Ich bekam die komplette Liebesgeschichte mit allen unangenehmen Details zu hören. Gerade ich, der ich auf emotionale Situationen nie adäquat reagieren kann. Aha – und wo ist der Wasserzähler? Kann man die Zwischenwand auch wieder herausreißen? Ich versuchte das Ganze ziemlich schnell abzubrechen, um mich nicht weiter verunsichern zu lassen.

Insgesamt hatte ich natürlich wieder mehr Infos und das Spiel für dieses Wochenende gewonnen. Doch der Sieg bedeutete mir nichts mehr. Jasmin kochte trotzdem, und ich half ihr beim Abwasch, weil ich das Gefühl hatte, ich müßte etwas gutmachen. Es gibt Ideen, die nicht dadurch besser werden, daß man sie umsetzt. Und es gibt Freiräume, in die man nicht eindringen muß. Es ist o.k., hin und wieder vor einer verschlossenen Tür stehen zu bleiben.

Wir redeten nicht weiter über die Ereignisse des Tages, aber in stiller Übereinkunft erklärten wir das Spiel für beendet. Ich liebe Jasmin für diese stillen Übereinkünfte. Und ich liebe sie, wenn ich ihre verträumten und sehnsüchtigen Augen im Spiegelbild der S-Bahn-Scheibe beobachten kann. Sie ist dann in Gedanken woanders, aber sie ist bei mir.

Gestern Abend, beim Routine-Sex

Poem von K.Lypse

Mitten in des Aktes Mitte,
kommt sie prompt – mit einer Bitte:
„Kannst du, während wir es treiben,
ab und zu im Rhythmus bleiben? –
Ich mach her und du machst hin,
das macht mich heiß, dann bleibt er drin –
und außerdem glaub ich zu wissen,
daß wir es so machen müssen!"
Bleich rutscht er in sich zusammen,
drückt die Shorts an sich, die klammen,
will mit schamigen Versuchen,
sich bedecken und betuchen,
sitzt verstört am Bettenrande,
sich zu regen außer Stande.
„Ist dir mein Geschlecht zu schmächtig?",
fragt er leise und verdächtig –
und legt, wie zum Unterstreichen,
seine Hände auf dergleichen. –
Eine leise stolze Träne
tropft auf seine Lendenmähne. –
„Gunther!" sucht sie seine Blicke,
„Nun mal aber nicht so dicke!
Sollte ich seit zwanzig Jahren,
auch bei diesem Anspruch sparen?
Habe ich nicht, keine Bange,
denn dein Teil reicht mir lange!"
Fahre Jahre lang die Schiene,
eingefleischter Sex-Routine,
und jetzt sollten wir uns sputen,
sonst reichen nicht die 10 Minuten
Spaß, pro Woche, wohlgemerkt
und jetzt frisch ans Werk, verstärkt."
Noch während sie philosophierte,
er nach ihrer Uuupsi gierte,
die im Takt der Sätze zuckte,
daß er schon viel früher spuckte.
„Geil!", hauchte er befreit.
Und sie: „Oh Gunther, jetzt, ich bin soweit."

Buchstab – Hochsprung

Meinung von K.Lypse

Was ist eigentlich ein Buchstabe? –

Ja ja, er ist ein Baustein der Sprache, mehrere seiner Art ergeben Wörter und Sätze.

Aber was bedeutet das: Buchstabe?

Müsste es nicht eigentlich *der Buchstab* und *die Buchstäbe* heißen?

Oder kennen sie den „Stabe eines Buches"?

Ein Stab, ein Buchstab – das könnte heißen, er zeigt uns das Buch – ein Buch*zeigestab* quasi – denn ohne Zweifel tut er das...

Vielleicht ist er in der Mehrzahl zu verstehen: Die Buch*stäbe* – das Gitter zwischen uns und dem Inhalt der Seiten, das gerade soviel Sicht auf die Aussage des Textes zuläßt, wie der Autor in der Lage ist, Licht ins Dunkel der Zelle unserer Wißbegierigkeit scheinen zu lassen.

Die Stäbe, die es zu verbiegen gilt, geistig und durch die Lust an der Sprache und dem Thema des Verfassers. – Vielleicht auch jene Stäbe, die uns daran hindern das Buch zu begreifen oder gar vor die Augen und in unseren Kopf zu lassen!?

Vielleicht wurden durch einen unzuverlässigen Geschichts- und/oder Geschichtenschreiber vor vielen hundert Jahren einfach die „Ä-Striche" nicht mehr mit überliefert und so hat sich die falsche Variante als richtig etabliert?

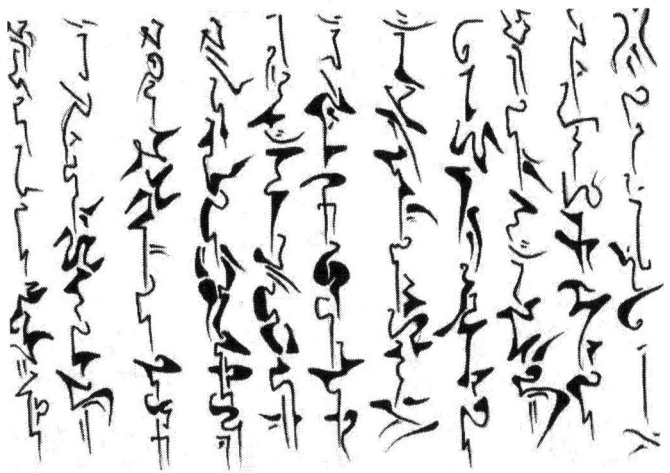

Alles Mutmaßungen, wahrscheinlich weit weg von gut und böse...

Eine Variante wäre auch, daß es einst Buch*staub* geheißen hat. Das arme kleine „u" in „*Staub*" wurde im Zuge der konsequenten Sprachneuerung einfach unter den Tisch fallen gelassen. –

Buchstaub... Konnten den Tausenden Analphabeten des Mittelalters die kleinen Zeichen und Symbole nicht wie Staub zwischen den Kupferstichen und Bildlein vorkommen? Möglich wäre es, aber nichts weiter als eine Möglichkeit unter vielen.

Vermutlich wird es ein Rätsel bleiben, welches ungelöst inmitten all der anderen Rätsel verhallen wird. Der Buchstabe ist ein Gebrauchsgegenstand, nichts womit man sich im Detail auseinander setzt, denn nur seine Summe zählt.

Wieso haben sich ein Schopenhauer und ein Goethe, ein Fühmann und ein Schneider nur mit den Brachialgewalten der Sprache und nicht mit ihren kleinsten und grundlegendsten Details beschäftigt? Waren sie ihnen zu bedeutungslos? War er – der kleinste Teil eines jeden Textes – ihnen – den King Kongs der deutschen Sprache – zu gigantisch? Niemand wird diese Fragen beantworten können. Nicht einmal er, der Buchstabe, und Millionen seiner Brüder.

Ich gebe ihnen ein E, ein N, ein D und noch ein E. Machen Sie doch damit was Sie wollen!

Geschichte, gefunden auf einer Parkbank in Sofia

von Lex

Dieses Land machte mich seit Tagen krank. Seine Städte kann man nur verlassen: Ein schlechter Zufall würfelt Straßenbahnausbesserungswerke, Hotels, Kirchen, Plätze, Monumente, Gasometer und Brachland zusammen. Keine Möglichkeit zum Rückzug. Der Boulevard ist eine Hauptverkehrsader, die Bürgersteige gerade breit genug zum Rempeln. Kaum kommst du aus dem Haus, wirst du getreten, geschubst, geschoben. Paßt du nicht auf, findest du dich inmitten eines Pulks in den Bus gedrängt wieder, oder du flüchtest in einen Hauseingang und weißt auch nicht wie weiter. Die Parkanlagen sind weit vom Zentrum entfernt. Die Autos alt und laut, jedes einzelne zieht eine Rußwolke hinter sich her. Fußgängerampeln spielen verrückt. Alles ist darauf angelegt, dir das Leben schwer zu machen. An den Haltestellen fehlen Bänke, die Straßenbahn ist ständig überfüllt und dreckig. Die Busse fahren, um Diesel zu sparen, nur kurz an und rollen dann bis zur nächsten Haltestelle. In den Unterführungen fehlt das Licht; kein Bürgersteig, dessen Platten nicht vom Frost aufgebrochen wären. In den Hauseingängen riecht es nach Abfällen und Schimmel. Fahrstühle sind unbeleuchtet und fahren bis ganz nach oben, statt in die gewünschte Etage. Toiletten, wenn es sie gibt und sie benutzbar sind, können nicht verriegelt werden. Geländer sind zur Hälfte zerstört oder nur zur Hälfte fertiggestellt.

Ein Sammelsurium der Unvollkommenheit. Verloren in einem Kosmos des unabänderlichen Provisoriums.

Wenn es regnet, staut das Wasser riesige Seen. Rohrleitungen platzen auf und werden nicht mehr geflickt. Es fehlen Stufen, einfach so. Durchgerostete Trottoirgitter an den Kellerfenstern. Die Bedienung vergißt deine Bestellung. Die Menschen hasten durch die Stadt, als flüchteten sie vor Hagel oder einem anderen Wetterunbill. Um nicht zu stolpern läuft man hier gesenkten Hauptes. Wenn ein Haus rekonstruiert wird, steht das Gerüst drei Jahre. Gerade fertiggestellt, beginnen die Dinge gleich wieder zu verfallen.

In den Wohnbezirken: Vor jedem Haus bis spät in die Nacht

eine Wirtschaft, aber essen kann man nirgendwo. Zwischen den Blöcken streichen zahllose Hunde, kopulierend, zähnefletschend, traurig oder sich gegenseitig das Revier streitig machend. Riesige Melonenberge liegen wochenlang in der prallen Sonne auf der Wiese und werden von der Stelle weg verkauft. Neben ihnen nächtigen die Verkäufer unter Zeltplanen und in alten Moskvitchs. Ob Käse, Ljuteniza oder Rakija genießbar sind, hängt vom Zufall ab. Zwei alte Banknotenserien existieren neben der Neuen, ein Brot kostet 800 Lew oder 0,8, je nachdem, das Portemonnaie liegt in der Hosentasche wie eine geballte Faust. Und wenn du einen Brief absenden willst, mußt du dich eine halbe Stunde anstellen.

Inmitten dieses alles für sich einnehmenden Chaos' bewegst du dich: fassungslos, entrückt, erdrückt, erbost, verwirrt und stolpernd.

Ich drängelte mich vor dem Justizpalast an den alten Weibern mit ihren Waagen vorbei, rettete mich in die schattige Unterführung, wo sich hunderte kleiner Bauchladenbesitzer aneinanderreihten, die Wurst, Eingemachtes, Silber, Leder, Tischdecken und Rosenöl feilboten. Ich erwarb eine Baniza und kaufte einige Meter weiter eine zweite, so gut schmeckte sie mir. Ich beobachtete einen älteren Herren, der seiner

Angetrauten die Hand hielt, als sie einen weiten Schritt über eine Pfütze zu machen gezwungen war und der sie ungeniert auf die Wange küßte. Ich warf den beiden Rentnern mit Rassel und Akkordeon ein paar Münzen in den Hut. Ein Händler hob ein Tuch auf, das einer jungen Dame heruntergefallen war und übergab es ihr mit selbstloser Geste. Zwei Mädchen kümmerten sich um ein paar Welpen, während deren umherlaufende Mutter wahrscheinlich auf Futtersuche war. Im Park führten Großmütter ihre Enkel aus und verwöhnten sie mit Waffeln und Gebäck. Die Großväter saßen am Brunnenrand und spielten Schach mit Wetteinsätzen.

Ich traf auf Lelle Tinche und Lekke Kolu, die darauf bestanden, mich von der Stelle weg nach Hause einzuladen. Heute rumpelte die Straßenbahn nicht, sie schwebte. Die Männer reservierten einen Sitzplatz für ihre Frauen und reichten ihnen beim Aussteigen die Hand. Vor dem Wohnblock pflückten zwei Familien Pflaumen. Ein hölzerner Fahrkorb mit Gittertür brachte uns nach oben. Ich lief über Dielen, die schweren Tapeten beruhigten mich, mein Blick wanderte über chinesische Vasen, spanische Bronzefiguren und ein russisches Klavier der Jahrhundertwende: ein Geschenk des Zaren an den Großvater, verkündete Nikolai. Was nun nicht alles aufgetischt wurde: Schopska Salat, zart geröstete Weißbrotscheiben, Gurkensuppe mit Nußsplittern, mit Reis gefüllte Weinblätter, eingelegte Paprika und Joghurt, Schaschlikspieße, Kebabtschi, Kartoffelsalat, selbstgepflücktes Obst, eingemacht und frisch, Melonenscheiben, Baniza, dazu Arian und Rakija. Stunden saßen wir und ließen uns verwöhnen, als wäre die Küche ein königliches Reservoir der feinsten Speisen und Getränke. Jeder Wunsch wurde mir von den Lippen abgelesen, immer wieder fiel den beiden noch etwas ein, eine Anekdote, eine Frage, eine Geschichte. Mehrmals mußte ich versprechen wieder-zukommen, ihre erwachsenen Kinder und heranwachsenden Enkel kennenzulernen. Sie wollten nicht von mir lassen. Sie wollten mich satt und zufrieden sehen.

Die Nachbarn wurden geholt, wir saßen beengt. Morgen, so sagten sie, sei ihre Verwandtschaft bei ihnen und ich möge mir ja nicht einfallen lassen, nicht bei ihnen zu klingeln, worauf natürlich angestoßen wurde, wieder und wieder. Das ganze Haus drängte nun in die Wohnung, um den Gast zu bestaunen und sie brachten Gläser mit Eingemachtem, Schmuck, Tücher,

Rosenöl, Kosmetik, Melonen, Gebackenes, Wodka, Leder-
taschen und Bücher und wollten mich einladen für morgen,
übermorgen und die gesamte nächste Woche. Nein, sagte
Nikolai, einen Gast einfach ziehen zu lassen, das ginge nicht.

Ich wollte mich bedanken, aber alle wehrten ab und
tranken auf das Zusammensein, die Liebe, die Gesundheit, die
Zukunft, auf was man eben trinkt, auf frühere Gäste und auf
kommende, auf den Hund vom Hausmeister, auf den
Hausmeister selbst, weil der goldenen Hände hatte und auf
das Land, die Musik, auf den morgigen Tag und auf den
gestrigen.

Nur Fliegen sind schöner

(Meine Erlebnisse mit den Hautflüglern)

von K.Lypse

Ich lag im Bett und las.

Eigentlich nichts besonderes, aber in Anbetracht der Geräuschkulisse, die mich umgab, schon ähnlich einem kleinen Dschungeltrip. In meinem Schlafzimmer summten und surrten an die 30 Insekten um mich herum. Von der gemeinen Wald- und Wiesenschnake, über blutgierige Mücken, bis hin zu Nachtfaltern jeder Größe und Färbung.

Den mit Abstand gewaltigsten Anteil machten allerdings Fliegen aus: grüne, dicke Schmusi-Scheißhausfliegen mit schillernden Leibern, halbgroße, blaß-graue flinke Sauser mit kleinen roten Streifen auf dem Arsch und diese haarigen fetten schwarzen Monster, deren Panorama-Augen einen aus jeder Perspektive anzuglotzen scheinen und unter Garantie einigen frühen Japanern als Vorlage für Godzillas Gegner gedient haben.

Machte ich das Licht aus: Ruhe! Licht an: Ein Konzert aus klanglich variierenden Zahnarztbohrern. Der Unterschied: Dem Zahnarzt kann man aufs Maul hauen, wenn´s nervt, das übernimmt die Kasse – na gut, bei mir nicht mehr, aber in der Regel schon – jedoch bei der Spezies der Hautflügler, legt man sich quasi mit einer unschlagbaren, an allen Fronten präsenten und nicht auszurottenden Armee an.

Nach einer Weile reichte es mir. Ich hatte es mit allen Mitteln probiert: ignorieren, laute Musik, Kissen in die Ohren... usw. Die permanenten akustischen Frequenzveränderungen, gepaart mit einer objekt- bzw. personenbezogenen Penetranz, was das unerlaubte Landen auf diversen, meist nackten und schwitzigen Körperteilen anging, oder das chronische Umschwirren der Hör-Organe, bis man sich selbst etliche Male geohrfeigt und den Viechern nur optimale Luftwirbel und physikalisch unmöglichen Auftrieb bescherte, hatten mein Belastungslevel überschritten. Die Sicherung, die ein Ausklinken verhindern soll, war durchgebrannt und baumelte als imaginärer Hammer der unbändigen Wut vor meinem inneren Auge!

„Ihr fliegenden Schweine, ihr schweinischen Fliegen,

schmarotzendes, kackefressendes Kroppzeug! Ihr raubt mir meine wohlverdiente Entspannungsphase!" Jeder kennt diese Gedanken, die einen in solchen Situationen umhüllen. Jeder kennt und vermeidet sie so gut es geht. Bis es eben nicht mehr geht.

Licht aus: Stille. Licht an: ein infernalisches summendes Gelächter. Ein kreischendes sonores Brummen, das wie im Hohn die Fliegenfenster vibrieren ließ. Ein lästerndes Konzert aus all den Stimmen meines Hasses. Summsummsumm...

Sie ließen sich kiloweise von der Lampe ansaugen, die so etwas wie ihren Lebensmittelpunkt symbolisieren muß. Sie krakeelten und eierten um sie herum, wie Türkenmuttis um die Krabbeltische beim Sommerschlußverkauf. – Als wollten sie dem Menschen den Rang der dümmsten Spezies abspenstig machen, lächerlich durchschaubar und faszinierend widerwärtig in ihrer offensichtlichen Dummheit. Ein Volk der Einfalt.

„Uhhh, die Lampe ist unsere Sonne, unser Gott, wir sterben für sie und versengen uns mit Freude die Lappen zum Herumschwirren an ihrem heißen Glas. Ach egal, welch geringes Opfer, nur um in ihrer Nähe zu sein. Geh nie wieder aus, du strahlendes Universum aller Freuden, uhhhh!"

Ich konnte sie beinahe tatsächlich diese und ähnliche Psalmen beten hören.

Ich sprang aus dem Bett und rannte in die Küche. Dort stand sie, meine Waffe im blutigen Kampf gegen diese Front aus winzigen Leibern: der Staubsauger!

Ich saugte erbarmungslos; das Staubsaugerrohr war das himmlische Schwert, all die Ausgeburt der Hölle zermalmend, zerquetschend, vernichtend und in sich aufsaugend.

Ich, der befallene Engel, gegen die Armee der Finsternis. In einem von vornherein verlorenen Kampf, aber reinen Herzens und vollen Mutes in die Abgründe schauend, in die so viele voller Verzweiflung vor mir stürzten; mit der Kraft der Aussichtslosigkeit tiefe Wunden in den übermächtigen Gegner reißend.

Ich schwitzte wie beim Gruppensex, das Rohr pfiff durch die Luft und bekam sie auch dort zu fassen, im Flug, wusch! Ich drängte sie in die Ecke und wusch, ich saugte sie von der Bettdecke, wusch, wusch, wusch – schlug blindlings in die Wolke dieser Fäkal-Kolonie und zermalmte die einzelnen

Körper.

Nach einer halben Stunde war ich triefend naß, mein Puls jagte mich hechelnd, aber ich wollte, einen nervösen Blick um mich werfend, lediglich eine kleine Pause einlegen, als sich ein besonders dreistes Tier, ebenso erschöpft wie ich, auf meinem Oberschenkel niederließ.

Sie waren noch immer da! Zwar um einige Exemplare dezimiert, aber frech wie nie. Mein Zorn kochte über: „Ihr habt es so gewollt!", schrie ich und rannte ins Bad. Jetzt waren sie fällig: mit dem alten „Spraydose-Feuerzeug-Trick" wollte ich ihnen ans Leder. Keine Gnade mehr, keine ethischen Bedenken – nur noch halb verrückte Zügellosigkeit. Es machte „Fschschsch!" und meine todbringende Feuerwaffe war bereit. Verächtlich trat ich den Staubsauger in die Ecke und bahnte mir einen Weg in mein Schlafgemach. Dort schwirrten schon wieder zwei gute Dutzend um die Lampe, als sei nicht gerade ihr halbes Volk vernichtet worden. Mit diabolischen Blitzen in den müden Augen ging ich auf sie los. Es war ein wahres Inferno. Hätten mich Saddam oder sein amerikanischer Waffenbruder sehen können, mir wäre ein Platz in den elitären Vernichtungsmaschinerien sicher gewesen. Mit dem Instinkt eines Söldners, mit der Grazie eines ausgehungerten Raubtieres, mit der Gnadenlosigkeit meiner alten Mathematiklehrerin brach ich in ihre Reihen ein und sie stoben in alle Richtungen auseinander.

Es war ein grauenvolles Gemetzel, überall halbtote, versenkte, zappelnde Kadaver – auf dem Boden, dem Nachttisch und dem Bett. Ein Schlachtfeld. Auch ich war schwer angeschlagen. Bei einer besonders ruckartigen Bewegung knackte es im Nacken und das bereits bei der kleinsten Rechtsbewegung bemerkbare Reißen verriet mir den aufkommenden Schiefhals. So saß ich erschöpft zwischen sechsbeinigen Körpern und verschnaufte.

Ich war nicht immer so. Ich hatte nicht immer etwas gegen sie. Bis zu diesem Schlüssel-Erlebnis mit dem Eistee: eine zierliche, kleine, grün schillernde Fäkal-Summse mußte das Glas mit dem pfirsich-aromatisierten Getränk schon eine ganze Weile beobachtet haben und stürzte sich in ihrer Gier blindlings hinein. Ich konnte sehen, wie sie scheinbar unendliche Bahnen schwamm, die Flügel wie einen Motor, immer im Kreis. Ich beobachtete sie mit einer Mischung aus wissenschaftlichem und tödlichem Interesse, dann, nachdem sie die ersten Symptome körperlicher Erschöpfung zeigte, befreite ich sie mit einem Teelöffel. Ich bot ihr Hilfe in Form meines Föns an und spendete eine warme, aber gut portionierte Brise aus allen Richtungen, bis sie nicht mehr triefend naß war. Dann schaute ich ihrem intensiven Säuberungsritual zu und war bis zu

diesem Punkt fasziniert.

Die filigranen, beinahe choreografierten Bewegungen, diese geschmeidige und perfekte Anatomie der Gliedmaßen, es war phantastisch. Sie hatte sich noch nicht ganz die Flügel auf dem Rand des Glases getrocknet und ihre gigantischen Augen ausgewischt, als sie bereits wieder im Glas nach unten krabbelte, um an die Flüssigkeit zu gelangen. Todesmut? Gier? Blödheit? – Keine Ahnung, auf jeden Fall kam es, wie es kommen mußte, und sie schmierte erneut ab und schwamm in demselben tödlichen Meer aus Farb- und Geruchsstoffen, aus dem ich sie vor 15 Minuten befreit hatte. Ich fühlte mich wie der ignorierte Gönner und überließ sie in der Nacht ihrem Schicksal: den zehrenden Klauen eines süßen und flüssigen Todes.

Als ich am nächsten Morgen nachschaute, trieb sie in den letzten Zuckungen an der Oberfläche, um sie herum bereits der ölige Film des Todes. Ich goß sie ins Waschbecken und beschloß, ihr nochmals die Chance zu geben, dem Fliegentod von der winzigen Schippe zu springen. Wesentlich phlegmatischer und steifer putzte sie wie im Krampf ihren geschwächten Körper. Wieder kam ich ihr mit dem Fön zur Hilfe. Diesmal stellte sie sich regelrecht in den Wind und ließ – wenn man das mal im übertragenen Sinn so darstellen darf – ihr Haar flattern. Drückte den zittrigen Körper gegen die warme Luft und ließ sich trocknen. Ich war sehr angetan von diesem winzigen Wesen und seinem Hang zu überleben.

Eine halbe Stunde später hatte ich sie in meinem Frühstücks-Orangensaft. Sie war es, hundertprozentig, denn nach vier Minuten desorientiertem Paddeln war sie dahingerafft, ausgezehrt und kraftlos. Ich kippte den O-Saft in den Ausfluß und mit ihm meine Faszination für diese summenden Schädlinge. War eben doch nur eine häßliche Scheißhausfliege. Die Begeisterung war einer tief sitzenden Aversion gewichen. Ich war das gebrannte Kind und reagierte von nun an gnadenlos auf alle Hautflügler.

Bei Gelegenheit werde ich mal einen Experten fragen, warum diese Viecher nie müde werden und offensichtlich, trotz all der geistigen Armut, in bewundernswerter Weise auf Schatten reagieren. Was für ein Leben: ständige Flucht nach vorn. Ständig Lichtquellen anpeilen und wegen ihnen sterben, ständig auf der Hut vor lebensbedrohlichen Situationen, aber dennoch genau durch diese meistens dahingerafft.

Zum Abschluß meines Berichtes möchte ich folgende Bemerkung hinzufügen: ich bin kein Tierquäler, nein, sogar im Tierschutzverein bin ich, und als denkender Mensch auch durchaus in der Lage zu erkennen, daß Fliegen ein Kettenglied unseres Lebens sind. Also Schluß mit den Vorurteilen! Sie gehören dazu und gestalten manch tristen Alltag voller Leben, ja, wäre es manchmal nicht langweilig ohne sie? Ich bin bereit zu akzeptieren. –
Aber, Hand aufs Herz, haben Sie schon mal eine Fliege kennengelernt, die eines glücklichen, natürlichen Todes gestorben ist?
Also ich nicht.

Wunderwand

von Sebastian Sonnenstrahl

Gestern habe ich gelernt, unsere Hochhauswand hinaufzulaufen. Es hat ziemlich lange gedauert, denn meine Schuhe sind unten sehr glatt. Es war zuerst unheimlich schwierig, weil ich vergaß, das Kleingeld aus meinen Taschen zu entfernen. Alles polterte auf den Gehsteig, direkt vor einen alten Mann. Er war sehr wütend. Aber als er sah, daß es Geld war, das ihn da so erschreckt hatte, war er wieder glücklich.

Er hat alles mitgenommen.

Ich hatte anfangs Angst, einfach so die Wand hochzugehen, aber als ich heimlich in unserer Müllnische geübt hatte, machte es mir soviel Spaß, daß ich gleich weiterlief. Nur die Ecken machen noch Probleme. Vor allem die Ecke mit den vielen Kletterblumen. Ich bekam sehr viel Schimpferei ab, als die Frau aus dem ersten Stock sah, wie ich vorsichtig zwischen den neuen Trieben umherrangierte. Sie hätte beinahe die Polizei gerufen, sagte sie. Also ging ich auf dem Bürgersteig entlang zur Vorderseite. An der Wand unter unserem Fenster war genug Platz. Ich übte ein wenig springen. Meine Mutter wurde aber böse, weil ich ständig gegen´s Fensterbrett stieß. Ich mußte mir dann später die Schuhe ausziehen, weil sie gerade die Fenster geputzt hatte. Ich sollte keine Schuhabdrücke auf den Scheiben hinterlassen, falls ich mal daneben springe. Ein paar Jungs aus meinem Aufgang schauten später auch zu, als ich übte.

Sie warfen aber bald mit Bierdosen, die leer waren. Ich glaube, sie waren betrunken. Sie mochten meine übertriebenen Geräusche nicht. Außerdem wollten sie einen Handstand sehen, obwohl ich nur an der Wand *laufen* kann. Mit meinen Füßen.

Am Abend kam ein hübsches Mädchen vorbei und fragte, was ich dort machte. Umherlaufen, sagte ich schmunzelnd. Ein Nachbar rief RUHE!, weil Sport kam. Ich mußte leiser reden, damit er nicht auch noch die Polizei rief.

Ich erzählte dem Mädchen, wie ich lernte, hier entlang zu gehen. Als sie es mit meiner Hilfe probierte, fiel sie in den Johannisbeerstrauch von der alten Frau nebenan. Das Mädchen rannte wütend weg, weil es sich wehgetan hatte. Ich hätte gern

noch gefragt, wie es heißt. Oder es zum Eis eingeladen...
Aber ich konnte ihr nicht Barfuß auf dem kalten Bürgersteig
hinterherlaufen. Meine Mutter sagt, davon wird man krank.